AF210068

1

Impressum

© Nessa Maral, 2016

Coverdesign: Alexander Kopainski,
www.alexanderkopainski.de
Bildmaterial:

Korrektorat: Lillith Korn, http://lillithkorn.de/

Herstellung und Verlag: BoD – Books on Demand, Norderstedt

ISBN: 978-3-8423-5727-3

Das Werk, einschließlich seiner Teile, ist urheberrechtlich geschützt. Jede Vertretung ist ohne Zustimmung des Verlages und des Autors unzulässig. Dies gilt insbesondere für die elektronische oder sonstige Vervielfältigung, Übersetzung, Verbreitung und öffentliche Zugänglichmachung.

Dies ist eine fiktive Geschichte. Ähnlichkeiten mit real existierenden Personen oder Gegebenheiten sind rein zufällig und nicht beabsichtigt.

Nessa Maral

Snow

Tote sind doch zum Beschwören da

Für Chris und Alex,
die ihre Einhörner mit meinen Zombies paaren
wollten.

&

Für den Rest der Bookstormer,
denn ohne euch wäre die Frankfurter Buchmesse
nicht das gewesen, was sie für mich war.

Vertrauen ist das Gefühl, einem Menschen sogar dann glauben zu können, wenn man weiß, dass man an seiner Stelle lügen würde.
Henry Louis Mencken

Inhalt

Kapitel 1

Einst sagte mir eine weise Frau, dass die Welt sich ständig im Wandel befindet. Doch niemals sollte eine, sei es die dunkle oder die helle Seite, das Gleichgewicht verändern. Die Magie und der Zauber der Welt müssten immer ausgeglichen sein. Vertrauen war ein kostbares Gut, genau wie wahre Freunde, auf die man bauen konnte. Daher überraschte es mich nicht, dass ausgerechnet mein Leben ein Bruchstück eines riesigen Komplexes in der Geschichte der Magie war.

Meine Oma war magisch. Sie verriet mir nie genau, zu welcher Rasse sie gehörte, doch sie wusste vieles. Ich lernte von ihr, dass es Werwölfe gab, wie sie sich verwandelten und die wichtigsten Eigenschaften der verschiedenen Wesen.

Nun, reden wir nicht lange über meine Oma. Ich bin Snow. Siebzehn. Und das hier ist meine Geschichte.

»Um zwei bist du zu Hause, haben wir uns verstanden?« Der feldwebelartige Ton in der Stimme meiner Mutter ließ mich unbeeindruckt aufseufzen. Es war immer dieselbe Leier. Als ob ich mich daran halten würde. Immerhin war ich bisher immer wieder nach Hause gekommen. Wenn auch meist erst in den frühen Morgenstunden.

»Ist okay, Mum«, antwortete ich grinsend und griff nach meiner Jacke. »Wir sehen uns.« Mit diesen Worten ließ ich die Tür ins Schloss fallen und verschwand in Richtung Jahrgangsparty. Irgendwann würde sie schon einsehen, dass ich nicht mehr ihr kleiner Junge war. Die anderen Schüler meiner Klassenstufe liebten es immer, nach wichtigen Prüfungen oder Klassenarbeiten eine kleine Fete zu feiern. Natürlich nur für die beliebten Schüler der Stufe. Es war dementsprechend äußerst »uncool« einfach abzusagen und es war immerhin eine nette Ablenkung.

Die Straßen der Wohnsiedlung lagen dunkel und verlassen vor mir und der eisige Wind zerrte an meiner dünnen Lederjacke. Es war verdammt kalt geworden für eine gewöhnliche Septembernacht. Links und rechts von der Straße erstreckten sich die Einfamilienhäuser mit ihren furchtbaren Wassertränken in den perfekt getrimmten Gärten dieses Familienparadieses. Seit ich denken konnte, gab es in dieser Gegend nur Familien mit Kindern und ich schätzte, das würde sich vermutlich niemals ändern. Ich ging einige Schritte, die Hände fröstelnd in den Jackentaschen vergraben, als plötzlich ein getigertes Kätzchen vor mir stand.

Mal davon abgesehen, dass es meganiedlich war, machte mir sein Blick verdammte Angst. Er war so menschlich und wissend, fast so, als würde er mir etwas sagen wollen. Kopfschüttelnd wandte ich meinen Blick von dem Wollknäuel ab und ging weiter, doch die Katze heftete sich mir direkt an die Fersen.

Beunruhigend, schoss es mir durch den Kopf und ich schüttelte diesen abermals. Lächerlich. Seit wann war ich denn so paranoid? Eine Katze verfolgte doch keinen Menschen. Zumindest nicht auf lange Dauer.

»Du solltest heute Nacht auf deinen Freund aufpassen.« Irritiert blickte ich mich um. Woher kam diese Stimme? Ein warmer, fast schnurrender Klang und doch war weit und breit kein Mensch zu sehen. Nur dieses Kätzchen.

»Guck nicht so doof. Ich weiß genau, dass du mich hören kannst.«

Um einiges verwirrter sah ich auf die Katze, die mich erwartungsvoll anblickte. Ein kalter Schauer lief mir über den Rücken und ich warf einen ängstlichen Blick auf das Wesen vor mir. Seit wann konnten Katzen sprechen?

»Du ... du kannst sprechen?« Meine Stimme klang brüchig und irgendwie fühlte ich mich hinter das Licht geführt. Meine Oma hatte alles erwähnt. Vampire, Werwölfe, Elfen und Elben, aber von plaudernden Katzen hatte sie nie gesprochen. Zwar hatte ich in ihren Worten stets einen Hauch von Wahrheit gesehen, aber dass es stimmen sollte riss mich ehrlich gesagt etwas vom Hocker. Aber was sollte ich auch dazu sagen? Ich hatte nie erwartet, dass mir so etwas passieren konnte. Ich war nicht magisch. So hatte man es mir zumindest jahrelang gesagt.

»Ich spreche nicht mit jedem. Heute Nacht passieren seltsame Dinge. Er könnte sterben oder leben. Das allein liegt in der Hand des Schicksals. Doch eins sei gewiss, danach wird nichts mehr so sein, wie es einmal war.«

Sie strich mir ein letztes Mal um die Beine, dann verschwand sie schnurrend in der Dunkelheit und eine leichte Kälte umschlang mich. Was war das?

Das Gespräch mit der Katze – hatte ich gerade wirklich mit einer Katze geredet? War ich schon so nahe am Rande des Wahnsinns angekommen? – ließ mich auf dem Weg zur Party nicht mehr los. Irgendwie beschlich mich ein ungutes Gefühl bei dieser Sache. War dieses Tier magisch gewesen? Und warum hatte es von dem Schicksal gesprochen? Meine Oma hatte stets gehofft, dass mir das Schicksal erspart blieb, aber ich war nie dahintergekommen, was sie mir damit eigentlich hatte sagen wollen.

Ich betrat die kleine, abgelegene Halle, in der die Party stattfand. Der Bass dröhnte mir bereits entgegen. Ich suchte den mit Rauchschwaden durchzogenen Raum nach Sam ab, doch ich konnte ihn nirgends erkennen. Es war zu voll. Verdammt voll, um es genau zu sagen. Die Gäste, die wohl schon länger anwesend waren, waren gut dabei – ich konnte den Alkoholgeruch schmecken, ohne auch nur in der Nähe der Bar zu sein – und die Musik war für meine angespannten Nerven irgendwie zu laut.

Kurzum: Ich war ein Scheißgast, mit einer Scheißlaune. Letztendlich ließ ich mich doch noch zu einem Drink überreden, hielt jedoch weiterhin nach meinem besten Freund Sam Ausschau. Immer wieder tippte ich ihm eine WhatsApp- Nachricht, doch ich bekam keine Reaktion. Irgendetwas stimmte definitiv nicht. Sam kam grundsätzlich nie zu spät. Vor allem nicht zu einer Party.

Eine der Cheerleaderinnen rempelte mich an, grinste dann und strich ihr blondes Haar zurück.

»Sorry, hab dich nicht gesehen«, rief sie mir zu und ich schenkte ihr ein charmantes Lächeln.

»Kein Problem. Du hast nicht zufällig Lust zu tanzen?«, fragte ich lässig und grinste zufrieden, als sie das Angebot annahm. Dann würde ich wohl endlich anfangen, die Party zu genießen.

Eine geeignete Begleitung hatte ich immerhin schon gefunden und was wollte man als Mann schon mehr als ein nettes Mädchen, gute Musik und eine Party.

Es war kurz vor Mitternacht, als die Haustür krachend aufflog und ein Kreischen den Raum erfüllte. Nervös warf ich einen Blick in Richtung der Lärmquelle. Meine Augen weiteten sich überrascht, als ich Sam im Türrahmen stehen sah, oder zumindest jemanden, der aussah wie er. Mir war im ersten Moment nicht klar, ob ich nun erleichtert oder eher geschockt sein sollte. Das im Türrahmen glich eher einem Zombie als einem Menschen, und das Röcheln und Stöhnen, das aus seinem Mund kam, machte die Situation nicht gerade besser. Er wusste, wie man eine Party innerhalb einer Minute beenden konnte. Sein Anblick ließ mir das Blut in den Adern gefrieren. Was zur Hölle war passiert? Ich schüttelte den Kopf, während die anderen in Panik verfielen und einer den Feuerlöscher als Waffe zweckentfremdete und schützend vor sich hielt.
»Hey, geiles Kostüm!«, rief eine der Schülerinnen und griff nach seiner Wange, was Sam mit einem Schnappen in ihre Richtung quittierte. Dann öffnete sie erschrocken ihre Augen und rannte in meine Richtung. Ich durfte nicht zögern. Meine Oma hatte mir einst erklärt, dass Zombies als

dumm galten, allerdings sehr intelligent waren und ihrem Herrn gegenüber vor allem loyal. Vielleicht – ich hoffte es zum Wohle aller – traf dies auch auf Sam zu und er würde mich auf irgendeine Art erkennen und vielleicht auch akzeptieren. Vielleicht nicht als Herr, aber als Rudelmitglied. Schließlich waren wir doch Freunde, oder? Es würde die Sache immerhin um einiges erleichtern. Langsam ging ich auf ihn zu. Einige der Gäste warfen mir Blicke zu, als wäre ich wahnsinnig. Klar, in ihren Augen war ich bescheuert und selbstmordgefährdet. Er würde mich töten. Brillante Aussichten, aber irgendwas sagte mir, dass Sam mir nichts tun würde. Und selbst wenn, musste ich es einfach versuchen.

Seine Haut hatte sich bereits leicht gräulich verfärbt und seine Kleidung war komplett zerstört. »Ist der echt?«, hörte ich einige Mädchen tuscheln und ich seufzte. Kein Wunder, dass sie ihn nicht erkannten. Für sie war offensichtlich, dass es ein Zombie war. Doch sie wussten, dass es keine Zombies geben sollte. Würde nun ihr gesamtes Weltbild zusammenfallen? Ich war mit Magie aufgewachsen, sie nicht. Ich hoffte, dass sie es auf den Alkohol schieben würden.

»Hey«, sagte ich leise und streckte meine Hand vorsichtig in seine Richtung aus, um zu testen, was er nun tun würde. Sam legte fragend den

Kopf schief, röchelte noch einmal und griff nach meiner Hand, oder besser gesagt nach meinem Handgelenk. Ich stöhnte schmerzhaft auf. Mensch, seit wann hatte er einen so festen Griff? Hatte er den schon immer gehabt?

Er kam näher und beschnupperte mich, dann leckte er mir über den Arm. Ich schluckte. Gleich würde ich als Mitternachtssnack für einen Zombie sterben. Im Hintergrund vernahm ich einige angeekelte Rufe, aber ich versuchte, sie bestmöglich zu ignorieren. Mein bester Freund würde mich auffressen. Wenigstens starb dann einer von uns glücklich. Doch Sam verzog das Gesicht und sah mich traurig an. Dann umarmte er mich. Perplex erwiderte ich die Umarmung, was sich zwar ziemlich seltsam, aber dennoch vertraut anfühlte. Trotz diesem merkwürdigen Gefühl war er immer noch mein bester Freund, selbst wenn er ein Zombie war.

Ich erklärte den Gästen kurz, dass ich ihn nach Hause bringen würde, was von den meisten sowieso gewünscht wurde. Ein solches Kostüm war unpassend, das Verhalten nicht ganz angemessen. Ziemlich uncool, das Ganze. Mir war es egal. Sam war wichtiger als mein vielleicht angekratzter Ruf. Es hatte mich ohnehin gewundert, dass noch keiner die Polizei oder gar bei den Ghostbusters angerufen hatte.

Auf dem Weg nach Hause war ich anfangs skeptisch, wie sich Sam in seinem Zustand verhalten würde, doch meine Bedenken waren unnötig. Er war bis auf das nervige Röcheln und Stöhnen ruhig und klammerte sich beinahe ängstlich an mich. Ich nahm mir fest vor, zu Hause nach einem Gegenmittel oder einer anderen Lösung für Sams Zombieproblem zu suchen.

Doch davor wartete ein ganz anderes Problem auf mich. Einen Zombie unauffällig durch das Wohnzimmer – in dem meine Mutter auf der Couch lag und schlief, da sie scheinbar mal wieder vor dem Fernseher eingenickt war – zu bringen, erschien mir das schwerste Unterfangen des angebrochenen Tages zu werden. Sam war nicht gerade die Ruhe selbst, weshalb ich ihm kurzum meine Hand auf den Mund presste. Er fand das scheinbar lustig, zumindest deutete ich das Grunzen und seine Zunge an der Innenseite meiner Hand so. Angewidert verzog ich das Gesicht, öffnete jedoch im selben Moment die Tür zu meinem Zimmer. Vorsichtig schob ich Sam vor mir hinein, versuchte nebenher die bereits schwankende Winkekatze aus Porzellan zu retten, und zog sie wieder hinter mir zu.

»Sag mal, spinnst du? Ich bin kein Eisbecher, den man einfach so abschleckt.« Sam sah mich irritiert an, senkte dann jedoch seinen Blick gen Boden. »Sorry«, nuschelte ich und startete meinen PC. Vielleicht konnte mir ja das World Wide Web eine Lösung für unser kleines Zombieproblem bieten. Irgendwie musste man Sam ja schließlich zurück verwandeln können. Es musste schrecklich für ihn sein und ich wollte meinen besten Freund wiederhaben. Ich wusste nicht genug über Zombies, außerdem wollte ich nicht ein Leben lang mit einem Zombie Fifa zocken ohne unsere gemeinsamen Schimpftriaden. Es wäre fatal. Zumindest hoffte und glaubte ich, dass Sam es genauso vermissen würde wie ich.

Google war schnell geöffnet und der Suchbegriff *Zombie* zeigte mir als erstes einen Wikipediaeintrag an, den ich seufzend anklickte. Dann überflog ich die Definition – ein Zombie war also ein Mensch, der von den Toten auferstand. Ein seelenloses Wesen, das herumgeistert. Definitiv keine Infos, die ich nicht schon aus Horrorfilmen kannte. Leider gab es keine Informationen dazu, wie ich ihn zurückverwandeln konnte, aber einige Filmnachweise. Auch die weiteren Suchergebnisse brachten mich nicht weiter. In der nichtmagischen Welt war alles Magische als Fiktion abgestempelt. Hier würde mir niemand helfen können.

Resigniert fuhr ich den PC wieder herunter. Sam hatte inzwischen begonnen auf einer meiner Socken herumzukauen, was mich seufzen ließ. Sollte so nun mein ganzes Leben verlaufen? Na vielen Dank auch. Allein der Gedanke daran, wie es Sams Eltern, die von der magischen Welt nichts wussten, ergehen würde, ließ mich erschaudern. Wie sollte ich ihnen beibringen, dass ihr Sohn ein Zombie war und es scheinbar kein Gegenmittel gab? Wie sollte ich ihnen das klarmachen, ohne dass sie mich in die geschlossene Psychiatrie einweisen würden?

»Ich hätte eigentlich erwartet, dass du wegrennst.« Irritiert blickte ich mich um. Auf der Fensterbank saß die Katze von vorhin. Wie zur Hölle war sie in mein Zimmer gekommen? Es war irgendwie gespenstisch mit diesem Tierchen. Vielleicht war ich tatsächlich übergeschnappt und sah schon Gespenster beziehungsweise Katzen. Vielleicht kamen jetzt bald die lila Elefanten und weißen Ratten dazu, und ich musste zum Drogentest. Dennoch konnte ich nicht verhindern, wie ich ihr einen bösen Blick zuwarf und mich räusperte.

»Ich renne nicht weg.« Das war eine Feststellung, die sie sich merken sollte. Doch sie kicherte nur und wütend ballte ich meine Hände zu Fäusten. Verdammtes Mistvieh!

»Natürlich nicht. Wie dumm von mir.« Ihr Blick fixierte mich und ich hätte schwören können, dass sie mich angrinste. Aber Katzen grinsten doch nicht, oder? Wobei ich nach dem heutigen Tage gar nichts mehr infrage stellen sollte. Scheinbar war alles verrückt um mich herum.

»Was willst du von mir? Warum bist du überhaupt in meinem Zimmer?«, fragte ich genervt und sie streckte sich, ehe sie von der Fensterbank auf das Vordach sprang.

»Ich wollte mich nur vergewissern, dass alles seine Richtigkeit hat. Du wirst es bald bemerken. Alles wird sich ändern und doch ändert sich nichts. Wir werden uns bald wiedersehen, Snow«, schnurrte sie vergnügt, und bevor ich etwas sagen konnte, war sie auch schon wieder verschwunden, beinahe so, als wäre sie nie da gewesen.

Ich warf einen Blick zu Sam, der mich ansah, als hätte ich sie nicht mehr alle, und mich beschlich das ungute Gefühl, dass er womöglich auch noch Recht dabei hatte.

Seufzend schleppte ich mich ins Bad, um mich bettfertig zu machen. Um jetzt noch eine Lösung zu finden, war ich zu fertig. Als ich mich nach einigen Minuten auf mein Bett sinken ließ, hatte Sam bereits eine meiner Socken aus der Wanne mit frischer Wäsche komplett zerrissen, aber ich hatte keine Lust, mich damit auseinanderzusetzen. Morgen eventuell, aber auch nur ganz eventuell. Es hatte ja keine Eile.

»Wir sollten schlafen. Vielleicht finde ich ja morgen eine Lösung für dein Problem.«

Sam sah mich einen Moment an, schmiss sich dann jedoch auf meine Gästematratze – immerhin übernachteten Sam oder andere Mitschüler öfter bei mir und ich fand diese kleine Wohlfühlinsel inmitten meines recht unordentlichen Zimmers eine schöne Abwechslung – und war auch sofort eingeschlafen. Ich schüttelte den Kopf. Es war mir schon immer ein Rätsel gewesen, wie er das machte. Vielleicht hatte die Katze recht. Alles konnte sich ändern, doch manche Dinge änderten sich wohl nie.

Kapitel 2

Als ich am Morgen meine Augen aufschlug, hatte ich die vage Hoffnung, dass ich nur schlecht geträumt hatte und Sam als Mensch auf der Matratze liegen würde, einen verdammten Kater hätte und sich gleich lautstark darüber beschweren würde. Ich schloss die Augen, atmete ein letztes Mal tief ein, dann riskierte ich einen Blick auf die leere Matratze.

Moment, leer?

Warum zur Hölle war sie leer? Wo war Sam?

Genau in diesem Moment vernahm ich den panischen Schrei meiner Mutter. *Verdammte Scheiße!*

In einem unheimlichen Tempo hechtete ich in Boxershorts und T-Shirt in die Küche, wo meine Mutter auf der Theke kniete und einen Stuhl zur Abwehr in den Händen hielt. Sam, der gerade dabei war, den Kühlschrank zu plündern, beachtete sie gar nicht weiter. Bei dem Bild, das sich mir bot, musste ich unweigerlich grinsen. Meine total verängstigte Mutter und mein bester Freund, der Zombie, der nichts anderes als ein Frühstück wollte. Genial.

»Was hat das zu bedeuten?«, fragte sie in meine Richtung und ließ den Stuhl langsam sinken.

»Mum, wenn ich es wüsste, würde ich es dir sagen. Problem an der Sache: Ich habe selber keine Ahnung. Sam ist ein Zombie.«

»Aber wie konnte das passieren? Es gibt in dieser Gegend keine Zombies, Snow«, entgegnete sie, doch so sicher schien sie sich nicht zu sein. Meine Mutter wusste, dass es Magie gab. Sie war nicht magisch, aber das änderte nichts daran, dass sie es tolerierte. Sie hatte erst davon erfahren, als sie meinen Vater kennengelernt hatte. Er war ein angesehener Zauberer gewesen. Doch leider war er Opfer eines tödlichen Attentats geworden. Sam hatte derweil seine Suche aufgegeben und saß mit einer Packung Salami auf dem Boden, die er mehr misshandelte, als dass er sie aß. Ich half meiner Mutter von der Theke runter und versuchte, ihr zu erklären, was passiert war. Sie sah mich skeptisch an, schwieg aber. Ich wusste, dass sie mich - obwohl sie Sam vor sich sah – für bekloppt halten musste. Eins war sicher: Zombies verwandelten nicht nur einen Menschen und ließen den Rest unbeachtet. Sie waren immer in Gruppen unterwegs, und wenn sie sich nicht vergrößerten, hinterließen sie in der Regel keine Überlebenden. In diesem Moment hätte ich alles dafür getan, um ein Telefon in den Himmel zu erfinden, und meine Oma um Rat zu fragen. Immerhin war sie mein Lexikon in allen Fragen rund um die Magie gewesen.

Nach dem Frühstück zog ich mich in mein Zimmer zurück, um erneut das Internet zu durchsuchen. Vielleicht fand ich ja einen Schamanen oder Heiler, der mir bei Sams Problemen weiterhelfen konnte. Mit einem Doppelklick öffnete ich meinen Posteingang, in dem ich eine E-Mail fand.

Betreff: *Annahme an unserer Schule*

Herzlichen Glückwunsch.
Sie weisen eine magische Eignung auf, sodass wir Sie gerne an unserer Schule für Zauberei und magische Wesen aller Art annehmen möchten.
Wir bitten Sie, in drei Tagen um 19 Uhr vor Ihrem Haus zu warten. Dort werden Sie von einem unserer magischen Taxis abgeholt. Bitte besorgen Sie sich bis dahin folgende Artikel in unserem hauseigenen Online-Shop: (Den Link finden Sie weiter unten.)
~Einen Kessel aus einem robusten Metall
~Einen Zauberstab (nur für Sie, Zombies ist der Gebrauch von Zauberstäben nicht gestattet.)
~Ein Schneidebrett und ein magisches Buschmesser
~ …
Wir bitten Sie, als von uns eingesetzte Vertrauensperson Ihres Freundes Sam, seine Bestellungen ebenfalls vorzunehmen. Sollten Sie Fragen haben, so zögern Sie nicht, uns via Mail zu kontaktieren.

Wir freuen uns auf Sie.

Mit freundlichen Grüßen

Prof. Dr. Daphne Dylane.

Ich las den Text gefühlte fünfzig Mal und versuchte immer noch, dem ganzen einen Hauch an Humor abzugewinnen, aber wenn ich ehrlich war, konnte ich einfach nicht glauben, dass diese E-Mail ein Fake war. Nicht, nachdem mein bester Freund sich in einen Zombie verwandelt hatte, ich mich mit einer Katze unterhalten hatte und mit meinem Latein am Ende war.

Irgendetwas schien tatsächlich nicht mit mir zu stimmen und noch weniger mit Sam. Aber warum ausgerechnet jetzt? Ich hatte noch dieses Jahr, um meinen Abschluss zu machen. Warum musste mich diese Schule jetzt auswählen? Andererseits hatte meine Oma stets erwähnt, dass sie selbst dort gewesen war. Aber weshalb ausgerechnet mich? War ich nicht laut meiner Großmutter nichtmagisch? Es musste ein Irrtum vorliegen.

Dennoch druckte ich die Mail aus, genau wie den Anhang mit den Büchern und anderen Dingen, die ich besorgen musste. Vielleicht würde ja meine Mutter daraus schlau werden. Oder Sam.

Wobei ich mich bei ihm eher fragte, wohin er verschwunden war.

Als ich die Küche betrat, war meine Mutter bereits dabei zu kochen. Sam saß auf der Eckbank mit einer Dose Hundefutter vor sich. Ich blickte irritiert zu ihm, dann zu meiner Mutter und zurück zu der Dose. Seit wann hatten wir Hundefutter im Haus?

»Schau nicht so, ich konnte ihn nicht davon abhalten. Da muss irgendwas drin sein, was ihn wahnsinnig macht. Die arme Daisy! Sie wird verhungern«, erklärte meine Mutter und ich genoss den kurzen Aha"-Moment. Daisy war der Nachbarshund. Scheinbar wollte Mutter mal wieder Hundesitter spielen. Angeekelt wandte ich meinen Blick von Sam ab, der das Zeug förmlich verschlang.

»Schau mal, Mum«, begann ich und reichte ihr die E-Mail. »Die war gerade in meinem Postfach.« Sie überflog den Inhalt kurz, dann sah sie mich ernst an.

»Snow, ich will dir deine Hoffnungen nicht zerstören, aber du bist nicht magisch. Da muss ein Fehler vorliegen. Es gibt für Menschen keine Möglichkeit, die Schule für Zauberei zu besuchen. Wir sind hier nicht bei Harry Potter. Sam ist dem Virus verfallen, er …« Weiter kam sie nicht, denn ihr Blick verfinsterte sich. »Ich werde nicht zulassen, dass du auf diese Schule gehst. Hast du mich verstanden?«, sagte sie streng und zerriss die E-Mail. Ich sah sie wütend an.

»Wieso nicht, Mum? Du weißt genau, dass ich immer gehofft hatte, dass ich doch dazugehören könnte! Liegt es an der Sache mit Dad?«, fragte ich provokant und sie warf mir einen düsteren Blick zu. Dann schob sie den Kochtopf zur Seite und lehnte sich an die Küchentheke, die Arme vor der Brust verschränkt.

»Ich werde jetzt nicht mit dir von deinem Vater reden, Snow. Dass dein Vater gestorben ist, hatte er allein seiner Magie zu verdanken. Dass deine Großmutter tot ist, ebenfalls. Magie ist nichts Positives und ich werde nicht zulassen, dass du es erlernst, nur um ebenfalls daran zu Grunde zu gehen!« Ihre Stimme war lauter geworden und sie bebte vor Wut.

»Schön«, knurrte ich und drehte mich um, »Erwarte aber ja nicht, dass du mich davon abhalten kannst. Ich werde gehen, ob du dein Okay gibst oder nicht, ist mir egal.«

Mit diesen Worten pfiff ich nach Sam und verschwand in meinem Zimmer.

Meine Mutter mochte davon nicht begeistert sein, aber sie würde mich nicht abhalten können. Genau deshalb saß ich in den folgenden Stunden zusammen mit Sam vor dem PC und erledigte

unsere Schuleinkäufe. Zwar war ich misstrauisch, dass nirgendwo der Name der Schule fiel,
aber meine Neugierde überwog in diesem Fall
glücklicherweise.

Bald hatte ich zig verschiedene Kessel, Ampullen
und einen Zauberstab bestellt.

Zur Schule konnte ich im Netz kaum etwas her-
ausfinden. Von meiner Oma wusste ich, dass es
nur ganz wenige Nichtmagische gab, die überhaupt wussten, dass die Schule existierte. Offiziell tauchte ihr Name nirgends auf. Die Schule
selbst sollte über vier Schuljahre gehen. Das Alter
der Schüler begann im Regelfall mit 16+ und zog
sich bis in das hohe Alter hinauf. Dementsprechend schien ich dieses Mal nicht zu den Jüngs-
ten zu gehören, was mich irgendwie mit Stolz
erfüllte. Ich war siebzehn. Seit drei Wochen. Gestern hatte ich das erste Mal unbekannte Magie
erfahren und mit einer Katze geredet. Ebenso
hatte ich seit gestern einen Zombie als besten
Freund. Und da behauptete meine Mutter noch,
ich sei nicht magisch? Das konnte nicht sein!
Aber – was war ich? Ein Zauberer? Würde ich
mich bald in einen Vampir verwandeln? So ganz
ohne Biss und Schmerzen? Ging das überhaupt?
Na ja, besser nicht. Blutsaugen war jetzt nicht
gerade ein neues Lebensziel. Aber gut, was war
denn jetzt mein Ziel? In erster Linie wollte ich

Sam zurückverwandeln. Ich griff nach meinem Notizbuch, in dem ich alle Informationen über magische Wesen sammelte, und hoffte, dass ich mir einiges zu Zombies notiert hatte. Leider war meine Ausbeute nicht gerade groß. Ich notierte mir die Stichpunkte, die ich nun in der Praxis erlernen konnte, doch ich war noch immer nicht zufrieden damit.

Ich hoffte, dass diese Schule es irgendwie bewerkstelligen konnte, oder zumindest eine Hilfe dabei sein würde. Aber dafür musste ich zuerst zu Sams Eltern. Daran führte kein Weg vorbei.

Mit Sam im Schlepptau machte ich also einen Abstecher zu ihm nach Hause. Zwar hatte meine Mutter seinen Eltern bereits auf den Anrufbeantworter gesprochen, dass Sam bei uns war, aber sie hatten ja keine Ahnung davon, dass ihr Sohn ein Zombie war, geschweige denn davon, dass es Zombies überhaupt gab. Sams Eltern waren ganz normale Leute. Sie lebten in einem ruhigen und etwas abseitsstehenden Haus mit Vorgarten und Vogeltränke. Gewöhnliche Leute eben. Nie in Ärger verwickelt. Immer freundlich und höflich. Es tat mir fast schon leid, diese Idylle, in der sie lebten, so jäh zu zerstören. An ihrer Stelle würde ich es wohl eher nicht wissen wollen, dass der einzige Sohn ein Zombie war, aber wie sollte ich es ihnen verschweigen? Zumal Sam mich auf eine wildfremde Schule begleiten würde.

Ich fühlte mich miserabel, als ich vor der Tür stand und klingelte. Es dauerte exakt dreißig Sekunden, bis Sam's Mutter die Tür öffnete und ihre Gesichtszüge entgleisten. Man konnte förmlich mitansehen, wie jegliche Farbe aus ihrem Gesicht wich und sie bedrohlich zur Seite schwankte. Bevor ich wirklich etwas tun konnte, kippte sie nach vorn, direkt in meine Arme. Ich seufzte und warf Sam einen fragenden Blick zu, doch er zuckte nur mit den Schultern. Scheinbar war er von der kleinen Showeinlage ziemlich unbeeindruckt.

Ich warf einen letzten Blick auf die ohnmächtige Frau in meinen Armen, dann rief ich ein: »Hallo?«, in das Haus. Sams Vater machte sich glücklicherweise sofort auf den Weg zur Tür, wo er einen leicht erschrockenen Blick auf Sam warf. Dann half er mir, ohne groß Fragen zu stellen, – das Einzige was ihn im ersten Moment interessierte, war, ob sie wegen ihm umgefallen war – seine Frau ins Wohnzimmer zu tragen. Dort bettete er sie auf die Couch, ehe ich ihm in die Küche folgte. Sam blieb wider Erwarten bei seiner Mutter zurück. Immerhin schien er sie zu erkennen und zuordnen zu können. Ein gutes Zeichen, glaubte ich zumindest. Ich wandte meinen Blick von dem herzerwärmenden Szenario ab und fixierte Sams Vater, der am Fenster stand. Den Blick nach draußen gerichtet, die Gesichtszüge starr wie ein Felsen und doch sprachen seine Augen und die Tränen in ihnen eine ganz andere Sprache. Er war traurig, geschockt und zugleich unheimlich besorgt. Sein linker Arm schien an seinem rechten Schutz zu suchen und er schaukelte sanft vor und zurück. Seine schwarzen Haare wurden bereits von einigen grauen Strähnen durchzogen, was ihn viel älter wirken ließ, als er es eigentlich war. Außerdem kam erschwerend hinzu, dass er noch nie ein sonderlich gutes Verhältnis zu Sam gehabt hatte. Er war stets der Stiefsohn gewesen und die beiden waren nie warm miteinander geworden.

»Es tut mir leid. Ich wünschte, ich könnte wenigstens erklären, warum er plötzlich ein Zombie ist, aber … ich weiß nicht, was passiert ist. Er war auf einmal in diesem Zustand. Aber ich verspreche, dass ich nach einer Lösung suchen werde, bis ich eine gefunden habe.« Sams Vater wandte seinen Blick kein einziges Mal vom Fenster ab, auch nicht als er mir antwortete.

»Ich dachte mein ganzes Leben lang, es gäbe keine Magie, sie sei nur ein Hirngespinst dieser Menschen, die sich Autoren, Künstler, Regisseure schimpfen. Und nun erzählst du mir, mein Sohn sei ein Zombie? Du würdest nach einer Lösung suchen? Junge, sag mir, wie willst du das anstellen? Eine Lösung für etwas finden, das nicht existiert?« Schweigend trat ich näher und reichte ihm die E-Mail von der Schule. Er las sie einmal, zweimal, vielleicht sogar dreimal, dann nickte er zögernd.

»Der Junge hatte mir schon immer Probleme gemacht. Woher weißt du, dass er ein Zombie ist?

Es könnte sich auch um einen Infekt handeln? Oder irgendwelche Nebenwirkungen von den Drogen auf der Party!«, vermutete er und ich schüttelte den Kopf. Ich wusste es einfach. Die Erklärungen meiner Oma und die E-Mail sprachen eine ganz eigene Sprache. Sams Vater schien mich jedoch nicht verstehen zu wollen.

»Soll er dorthin gehen. Für mich ist mein Sohn gestorben. Geh jetzt und nimm ihn mit. Ich will nicht, dass meine Frau ihn sieht!« Ich nickte, auch wenn es sich für mich wie ein Schlag in die Magengrube anfühlte. Dann packte ich einige von Sams Sachen ein, nahm ihn bei der Hand und wir verließen das Haus, das einst seine Heimat gewesen war.

Mein Sohn ist für mich gestorben.

Dieser eine Satz, der so vieles zerstören konnte. Sam war nicht tot! Er war untot, aber irgendwie dennoch am Leben, war dies denn nichts, das für ihn zählte? Das Leben war doch immer mehr wert als der Tod.

Meine Mutter erwartete uns bereits vor der Tür. Ohne etwas zu sagen, zog sie mich in den Arm. Ich musste es ihr nicht sagen, sie wusste auch so, was passiert war. Sie hatte gewusst, dass Sams Vater ihn verstoßen würde. Ihre Intuition war schon immer beängstigend genau gewesen. Aber es war gut so. Sie wusste immer, wann ich sie brauchte.

Kapitel 3

Es war die Nacht vor meiner Abreise, als es das erste Mal passierte und mich vollkommen überforderte. Den ganzen Tag über war ich immer wieder in Diskussionen mit meiner Mutter verwickelt gewesen, in denen es darum ging, dass ich auf keinen Fall auf diese Schule gehen würde. Zwar wurden die Diskussionen von Stunde zu Stunde schwächer, weil ihr langsam die passenden Gegenargumente ausgingen – oder weil sie endlich bemerkte, dass sie keine Chance hatte. Wenn ich mir etwas in den Kopf gesetzt hatte – und ich hatte mir den Schulwechsel in den Kopf gesetzt – dann konnte selbst sie mich nicht aufhalten. Aber dennoch, auch wenn ich eigentlich einen kleinen Sieg errungen hatte, konnte ich nicht wirklich schlafen. Aus diesem Grund schlich ich mich in die Küche, um mir ein Glas Wasser und eine von Mutters Schlaftabletten zu holen. Wer wusste denn, wann ich morgen ins Bett kommen würde. Meinen ersten Schultag wollte ich auf keinen Fall verschlafen. Ich konnte nicht verstehen, warum es sie so störte, dass ich scheinbar magisch war. Mein Vater war ein angesehener Zauberer gewesen. Meister der Tränke, hatte man ihn genannt, da er es gewesen war, der einen Banntrank gegen die Lykanthropie erfunden hatte. Seit jeher konnten Werwölfe ein recht ruhiges Leben führen, mit verminderten Schmerzen bei dem Wechsel ihrer Gestalt. Leider war er von einem seiner Auslandseinsätze nie zurückgekehrt. Einer seiner Assistenten hatte beteuert, dass er nichts gegen die Angreifer hatte tun können.

Meine Mutter hatte ihre Trauer recht zügig überwunden. Ich wusste nicht, ob sie wegen mir stark sein wollte oder ob es etwas mit dem in den letzten Jahren unterkühlten Verhältnis zu meinem Vater zu tun hatte. Laut den Worten meiner Oma war sie stets vom Schicksal gezeichnet. Daher zog meine Mutter mich alleine auf. Ohne einen neuen Partner.

Gedankenverloren griff ich nach der Wasserflasche, als plötzlich mein Vater vor mir in der Küche stand. Geschockt musterte ich ihn – war er ein Geist? Er trug einen langen Umhang, das Haar glatt nach hinten gestrichen und seine Stirn zierte eine saubere Schusswunde. Ich holte tief Luft und kämpfte gegen die Tränen an. Das wollte ich nicht sehen. Warum war er hier? Hatte ich nicht mit dem Kapitel abgeschlossen?

»Hallo Snow«, begann er leise und ich wich einen Schritt zurück. Was ging hier vor sich? Warum zur Hölle konnte er sprechen? Mein Vater war tot. Er konnte nicht einfach vor mir in der Küche stehen. Es gab keine Geister, die sich ihren Familienmitgliedern einfach so zeigten. Nur ein Geisterbeschwörer konnte einen Geist sehen, und alle Wesen dieser Gattung waren im vergangenen Jahrhundert jung gestorben. Wieder eine Weisheit meiner Oma. Warum erschien mir dann ausgerechnet mein Vater? Und vor allem: warum gerade jetzt? Warum nicht damals, als ich nächtelang mit meinem Kissen gegen die Tränen ankämpfte? Als ich gehofft hatte, er würde zurückkehren, dass es nur ein Scherz gewesen war. Dass er durch die Tür kommen würde, wie immer.

»Ich weiß genau, was du denkst, aber glaube mir: Ich bin gleichermaßen überrascht. Du solltest mich nicht sehen können. Das Schicksal ergreift ungewöhnliche Methoden. Etwas muss sich verändert haben.« Er sprach ruhig, aber dennoch bemerkte ich, dass er sich sorgte. Es war definitiv zum Verrücktwerden. Ich fühlte mich wie der Ochse hinter dem Berg.

»Dad, du bist tot. Du solltest nicht hier sein.« Er zuckte mit den Schultern.

»Es passiert vieles, das nicht sein sollte. Die Magie schwenkt um. Dunkle Mächte steigen empor. Sei vorsichtig, besonders in diesen Zeiten. Versprich mir das, Snow.« Ich nickte, auch wenn ich keine Ahnung hatte, wovon er überhaupt redete. Ich war wie gelähmt von der Kälte, die immer weiter zunahm. Er seufzte, dann ging er zielstrebig auf mich zu. Ich spürte Nadelstiche auf meiner Haut, als er mich umarmte, dann sackte ich bewusstlos auf dem Boden zusammen.

Es war Sam, der mich im frühen Morgengrauen auf dem Boden liegend fand und mich auf seine unromantische Zombieart weckte. Gelegentlich erinnerte er mich an einen jungen Hund. Jedenfalls fand ich es nicht sonderlich geil, dass mein bester Freund mich ableckte und mir dabei sein modriger und dreckiger Geruch förmlich in die Nase brannte. So musste wohl ein Heldentag beginnen, damit er der beste Tag des Lebens werden könnte. Nicht wahr?

Am Frühstückstisch geriet ich mal wieder mit meiner Mutter aneinander. Sie hatte bemerkt, dass ich definitiv zu der Schule gehen würde, egal, wie oft sie versuchte, mich davon abzuhalten. Die unaufhaltsame Ausdauer einer Frau.

Ich seufzte tief und ließ meinen Löffel sinken. Irgendwie war mir der Appetit auf mein Müsli vergangen. Warum musste sie auch so schwarzsehen? Mein Vater hatte mich gewarnt und dennoch fühlte ich mich nach dem Gespräch mit ihm darin bestärkt, dass ich gehen musste. Es wartete scheinbar ein viel größeres Abenteuer auf mich, als ich zu glauben wagte.

Dennoch hielt ich es für sinnvoller, meiner Mutter nichts davon zu erzählen, dass ich Vater gesehen hatte. Ich schätzte, dass sie mich dann für vollkommen bescheuert erklären würde und sie mich bald in die geschlossene Psychiatrie einliefern würde.

»Du weißt, dass du mich unmöglich davon abhalten kannst. Wenn ich will, komme ich überall hin«, erklärte ich mit einem Grinsen, das sie wahnsinnig machte. Ein Punkt für mich. Sie seufzte, ehe sie langsam nickte. Sie kämpfte mit sich selbst, denn sie wusste, dass sie mich nicht halten konnte.

»Ich mache mir doch nur Sorgen«, flüsterte sie traurig und ich strich aufmunternd über ihre Hand. Trotz ihres Starrsinns war sie noch immer meine Mutter. Sie war mein ganzes Leben bei mir gewesen. Wenn ich krank war, saß sie an meiner Seite, sie kochte Suppe, nur um drei Tage später selbst mit der Grippe im Bett zu liegen. Sie war immer da.

»Es tut mir leid. Aber es ist wichtig für mich, verstehst du? Bitte, Mum.« Ihr Blick suchte den meinen, dann nickte sie langsam und ich atmete erleichtert auf.

Endlich konnte ich beruhigt gehen.

Ohne eine weitere immer während Diskussion.

Genau fünf vor sieben standen Sam und ich mit unserem Gepäck an dem ausgemachten Treffpunkt. Es war ein merkwürdiges Gefühl, meine Mutter allein zu lassen und das auf unbestimmte Zeit. Aber wenn ich Sam helfen wollte, dann musste ich jetzt handeln.

Bis auf den Wind, der durch die Blätter pfiff, war es ruhig. Keine Spaziergänger waren unterwegs, was etwas merkwürdig war, da es die gewohnte Gassi-Geh-Zeit unseres Nachbars war. Doch ich konnte den kleinen dunkelbraunen Dackel der Familie nirgends entdecken.

Zwei Minuten vor sieben. Irgendwie wurde ich unruhig. Was, wenn meine Mutter recht hatte? Wenn sie nicht kommen würden? Wenn wirklich ein Irrtum vorlag? Wenn ich nicht magisch war und mir die Begegnung mit meinem Vater nur eingebildet hatte? Eine Minute nach sieben. Gerade als ich Sam sagen wollte, dass es keinen Sinn mehr hatte, vernahm ich ein Läuten und ein helles Licht, das am Himmel erstrahlte.

Was?, schoss es mir durch den Kopf und ich blickte mich irritiert um, bis ich die fliegende Kutsche am Himmel bemerkte.

Verwirrt rieb ich mir die Augen, als sie zur Landung ansetzte und die Pferde – ich bemerkte erst jetzt aus der Nähe, dass es sich um vier weiße

Pegasusstuten handelte – direkt vor uns stehen blieben.

Ich öffnete gerade den Mund, um etwas zu sagen, als sich die Kutschentür aufschwang und ein Kobold ausstieg. Ich war mir zumindest fast sicher, dass es sich um einen Kobold handelte. Er war klein, geradezu winzig, trug ein Hemd und Jackett, eine dazu passende Hose und dunkle Schuhe und hatte viel zu große Hände für den kleinen Körper. Genau diese zierten furchterregende Fingernägel und im Gesicht lächelte er mit vielen kleinen, spitzen Zähnen. Definitiv kein Zwerg – dafür sprach er auch viel zu vornehm und ich hielt generell recht wenig von Zwergen.

»Guten Abend, die Herrschaften. Mein Name ist Sir Fenrir, Abgeordneter der einzigen Schule für Magische Wesen in Gesamt-Europa. Wenn ich bitten dürfte. Wir haben keine Ewigkeit vor uns, auch wenn für einige von Ihnen die Ewigkeit eine sehr lange Zeit sein mag.« Dann murmelte er etwas Unverständliches – ich schätzte, auf einer Fremdsprache – und unsere Koffer flogen in den Kofferraum der Kutsche – ich hatte noch nie eine Kutsche gesehen, die einen Kofferraum besaß! – und ich folgte Sam ins Innere. Ich staunte nicht schlecht, als sich das Innere als ein recht ansehnliches Wohnzimmer entpuppte. Genial. Wenn ich nach dem Schulbesuch irgendwann auch so etwas konnte, dann war das schon einmal ein guter Anfang. Magie zu besitzen schien keine schlechte Sache zu sein. Der Kobold – Sir Fenrir – kam nach kurzer Zeit ebenfalls hereingeklettert und ließ sich in einem der drei roten Sessel nieder, schnappte sich eine Zeitung und begann darin zu lesen. Jedoch nicht lange, denn Sams Stöhnen ließ ihn knurrend die Zeitung zuschlagen. Scheinbar mochten Kobolde es nicht, wenn man sie bei etwas störte. Vielleicht sollte ich es mir merken, damit ich es später in mein Notizbuch eintragen konnte.

»Wann hatte er das letzte Mal ein Gehirn?«, fragte Sir Fenrir trocken und ich blickte ihn irritiert an. Wollte er auf den Mythos mit den Gehirnen hinaus? Ich dachte immer, das wäre eine Lüge?

»Wie meinen Sie das, Sir? Ich – er hat eins im Kopf, aber ... «, begann ich, doch ich wurde sofort von Sir Fenrir unterbrochen. »Er muss eins essen. Nicht einmal das wisst ihr Jugendlichen heute«, maulte er kopfschüttelnd und ging zu einem kleinen Schrank, der sich als Kühlschrank entpuppte. Nette Tarnung.

Es dauerte einige Minuten, bis er mit einem Gehirn auf dem Silbertablett zurückkehrte und es Sam hinstellte. Dieser war kaum noch zu halten. Er verschlang das Gehirn mit einem Bissen. Zu viel für meinen Magen und für meine Nerven, denn mir wurde augenblicklich schlecht und ich spürte, wie mein Mittagessen in mir aufstieg. Ich übergab mich. Dann wurde es schwarz vor meinen Augen und ich fiel.

»Ich habe ihm einen Beruhigungstrank gegeben. Er wird gleich aufwachen. Sie haben gut gehandelt, Sir Fenrir«, vernahm ich eine weibliche Stimme. »Das war meine Pflicht. Ich wusste ja nicht, dass der Junge einen so empfindlichen Magen hat.«

Ich stöhnte und rieb mir erschöpft die Augen.

Was war nur passiert?

»Hallo Snow. Ich hoffe, es geht Ihnen besser?«, fragte mich die weibliche Stimme – eine bildhübsche blonde Frau, mit blauen Augen. Sie war im mittleren Alter. »Ich bin Professor Dylane, die Schulleiterin. Es freut mich, dass Sie sich für unsere Schule entschieden haben. Wenn Sie bereit sind, würde ich Sie bitten, mich zur Mensa zu begleiten, dort werden Sie gleich Ihrem Clan zugeteilt.«

Ich setzte mich auf, doch mir tat alles weh. Es ging mir besser, aber der Schwindel war immer noch nicht ganz verschwunden. Aber Clans?

Ich sah sie irritiert an. Von was zur Hölle sprach sie da gerade? Wollte sie etwa, dass wir wie in Clash of Clans Kriege gegeneinander führten? Ich liebte dieses Spiel, doch wir waren an einer Schule, war dieser Gedanke nicht eher fehl am Platz? Ich seufzte. Ich würde fragen müssen. Schließlich sagte meine Oma immer: Wer fragt, scheint unwissend, wer es nicht tut, bleibt es.

»Ähm, Professor, entschuldigen Sie die Frage, aber was meinen Sie mit Clans? Was muss ich mir darunter vorstellen?« Sie lächelte amüsiert.

»Sehen Sie es als eine Art Lerngruppe und Familie. Wir versuchen immer, die Rassen und Klassen etwas zu mischen. Das hat den Grund, dass Sie in den Prüfungen wesentlich besser abschneiden werden, wenn Sie ein Team sind, bestehend aus den verschiedenen Stärken und Vorteilen, die jede Rasse mit sich bringt. Sie werden nicht nur ein schulisches Team sein, sondern auch zusammen leben. Sie sind eine Familie. Seien Sie sich dessen immer bewusst.« Ich blickte zu einer der Ritterrüstungen, die an der kahlen Schlosswand in ihrer Halterung stand.

Zusammengefasst hatte ich also eine Gruppe von Leuten Tag und Nacht um mich herum, die mit mir zusammen lernten und mit denen ich zusammen im selben Haus wohnte. Mit Vampiren und Werwölfen? Ich musste gestehen, dass ich kein Fan dieser Gattungen war. Ob ich das nun gut finden sollte oder eher nicht konnte ich nicht direkt sagen. Irgendwie war es beunruhigend, zu wissen, bald mit diesen Kreaturen, die teils als Killer bezeichnet wurden, unter einem Dach zu wohnen. Mit Wesen, von denen man immer nur gemischte Dinge hörte. Nie sonderlich positive oder negative. Meine Oma war mit einem Werwolf verheiratet gewesen, doch ich hatte meinen Opa niemals kennengelernt. Mein Vater hatte ihn jedoch sehr geschätzt. Ich würde also bald mit den unterschiedlichsten magischen Wesen zusammenwohnen. Vielleicht gab dies ja genügend Stoff, um einmal meine Erfahrungen mit der Außenwelt zu teilen. Vielleicht würde ich einmal ein Buch über meine Schulzeit schreiben. Sam würde sich sicherlich darüber freuen. Er las eigentlich ziemlich gerne. Aber im Moment schienen ihn die Ritterrüstungen zu ängstigen, denn er folgte uns schweigend und hin und wieder berührte er meinen Arm. Mir stellte sich dennoch nur noch eine Frage.

»Warum bin ich hier?«, fragte ich sie und sie lächelte vorsichtig, doch dann wurde ihr Gesichtsausdruck ernst.

»Dir obliegt eine uralte Macht. Du solltest es doch bereits bemerkt haben, nicht wahr? Als du mit deinem Vater sprachst. Oder der Grinsekatze. Sie erscheint nicht jedem, solltest du wissen. Du weißt noch nicht, wie du sie kontrollieren sollst, doch die Toten werden es dich lehren. Es ändert sich. Alles.«

Augenblicklich blieb ich stehen und schluckte, als mich die Erkenntnis traf. Sie wusste es. Sie wusste alles. Von der Fähigkeit meinen Vater zu sehen, womöglich sogar, warum Sam ein Zombie war. Dass ich wohl ein Totenbeschwörer war – warum sonst sollte ich auch mit Toten sprechen. Es ergab alles Sinn! Dennoch stieg Panik in mir auf. Ich wollte es nicht lernen! Ich wollte nicht, dass durch eine Beschwörung mein Leben endete, bevor es überhaupt begonnen hatte. Es musste einen anderen Weg geben. Einen sichereren Weg. Eine Lösung mich wieder zu einem gewöhnlichen Menschen zu machen. Ich wollte keine Toten sehen. Schon gar nicht, wenn ich dadurch sterben würde. Es war nicht mein Ziel, mein Leben auf diese Art zu verlieren. Sie musste mir sagen, was sie wusste. Es war ihre Pflicht mir zu helfen, bevor es begann.

»Professor!«, rief ich ihr nach, doch genau in diesem Moment wurden die Tore hinter mir aufgerissen und ich versank in der Menge an Schülern, die sich hindurchzwängten.

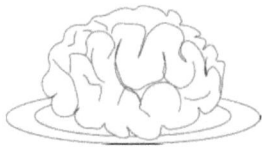

Kapitel 4

Bevor ich mich in Sicherheit bringen konnte, war ich von zigtausend anderen Schülern umgeben, die sich an mir vorbei durch die Tür drückten, durch welche auch Professor Dylane verschwunden war. Hilfesuchend blickte ich mich um. Irgendwo musste Sam doch sein? Mein Blick durchstreifte den Raum und ich traf auf zwei fast mitternachtsblaue Augen. Die Besitzerin lächelte mir verlegen zu, dann entdeckte ich endlich Sam, der scheinbar ebenfalls nach mir suchte. Allerdings hatte er mich zuerst bemerkt und kam bereits in meine Richtung, damit wir gemeinsam die Mensa betreten konnten.

Die Mensa war eine kleine Halle, in die es nur einen Weg gab, direkt durch die Mitte des Stroms, den anderen Schülern hinterher.

Ich konnte einige Feen, Vampire und Werwölfe erkennen. Meine Oma hatte mich durch ihre Erzählungen gut geschult, musste ich zugeben. Im Zentrum der Halle standen zahlreiche Tische und der Mittelpunkt des Raumes war eine großflächige Bühne samt Laufsteg. Perfekt für irgendwelche Konzerte, falls es denn so etwas wie Musikunterricht hier geben sollte. Die Decke und Wanddekoration waren ein absoluter Stilbruch, denn sie wurden von zahlreichen Lampions beleuchtet, welche höchst wahrscheinlich aus Japan stammten und gar nicht in den so britischen Einrichtungsstil der Halle passten. Ein merkwürdiges Zusammenwürfeln von Einrichtungsstilen und ich hoffte doch sehr, dass sich diese Art nicht durch den gesamten Schlosskomplex ziehen würde.

Ich steuerte mit Sam wahllos einen der Tische an und blickte in zwei mir bekannte Augen. Sie gehörten zu einem offen lächelnden Mädchen mit auffallend violetten Haaren. »Ist hier noch frei?«, fragte ich lässig und sie nickte begeistert, was mich dazu brachte, eine Augenbraue nach oben zu ziehen. Waren hier alle irgendwie merkwürdig? Sie freute sich ja fast wie ein kleines Kind an Weihnachten und das nur, weil ich mich neben sie setzen wollte. An meiner alten Schule hatte ich zwar ähnliche Reaktionen erlebt, aber dort war es etwas anderes gewesen. Als Schulsprecher war man eben doch bekannter. Sie kannte mich immerhin noch nicht.

»Ich dachte schon, du fragst mich nie.«

»Frag ich was?«, entgegnete ich verwirrt und zog den Stuhl zu mir heran. Sie kicherte und warf einen Blick auf Sam, der sich neben mir auf den nächsten Stuhl sinken ließ. Somit war nur noch einer frei.

»Na, ob du dich zu mir setzen darfst. Ich finde Zombies unheimlich faszinierend. Es muss spannend sein, mit einem befreundet zu sein. Sie sind so fügsame Wesen. So loyal und auf ewig treu«, erklärte sie und ich fragte mich tatsächlich für einen Moment, ob ich noch irritierter aus der Wäsche schauen konnte, als ich es ohnehin schon tat. Woher wusste sie so viel darüber? Was sollten diese merkwürdigen Bemerkungen? Und wer zur Hölle war sie überhaupt?

Als könnte sie meine Gedanken lesen – bei meinem Glück konnte sie das vermutlich sogar noch und hielt mich jetzt für den größten Idioten, den es gab – streckte sie mir ihre Hand entgegen und sagte: »Oh, ich bin dann übrigens Lila.« Sie grinste immer noch, weshalb ich gezwungen lächelnd den Kopf schüttelte. Sie war ja fast schlimmer als die Grinsekatze mit ihrem Grinsen. »Ich bin Snow«, entgegnete ich und nun lag es an ihr, zu nicken.

»Ich weiß.«

Gerade, als ich sie fragen wollte, woher sie meinen Namen kannte, ging die Doppeltür auf und wie in Zeitlupe bewegten sich zwei junge, verdammt attraktive junge Frauen herein. Ihre langen schwarzen Haare elegant über die Schulter geschwungen, die Lippen mit blutrotem Lippenstift geschminkt. Passend dazu trugen sie schwarze Spitzenkleider, Stiefel und Lederjacken. Typisches Gangoutfit. Sexy, gefährlich. Leichenblass. Es fehlte nur noch, dass *Supermassive Black Hole* von Muse aus den Lautsprechern ertönte und sie anfingen, den Anwesenden das Blut auszusaugen. Immerhin war kaum zu übersehen, dass es Vampire waren. Blasse Haut, dunkle Augen, unheimlich anziehend. Man durfte nur keine Angst zeigen, dann würde alles gut werden. Irgendwo hatte ich auch noch einen Eintrag in meinem Notizbuch, fiel mir ein, und ich tastete danach.

Nun gut, viele Infos, die mir jetzt jedoch nicht weiterhalfen. Immerhin wollte ich sie nicht töten. Was man kaum übersehen konnte, war die Tatsache, dass sie wohl in einer Clique die Anführerplätze innehaben würden. Augenblicklich war der ganze Raum verstummt und alle Blicke waren auf sie gerichtet. Vielleicht lag es einfach daran, dass sie ansprechend auf jeden wirkten, der nicht imstande war, ihrem Zauber zu widerstehen. Selbst auf mich.

Vampirzwillingsschwestern. Ich nahm mir fest vor, ihnen aus dem Weg zu gehen. Vampire waren mir nicht ganz geheuer, allein in den Büchern, die ich las, fand ich an ihnen immer etwas

Hinterlistiges, und meist behielt ich mit meiner Vorahnung recht.

Ich wollte mich gerade von ihnen abwenden, damit sie gar nicht erst realisierten, dass es mich gab, als ich ihn bemerkte wie er lässig durch die Tür schritt. Dunkles T-Shirt, dunkle Jeans, die schokoladenbraunen Haare leicht zerzaust, als wäre er sich davor etliche Male durch die Haare gefahren. Definitiv kein typischer Vampir. Aber was war nach *Twilight* denn noch ein typischer Vampir? Jedenfalls schaute er in meine Richtung – oder zumindest kam es mir so vor, als würde er es tun – dann lächelte er und ging den beiden Schwestern hinterher, welche sich an einen der Tische in der Ecke gesetzt hatten. Er schien einen Moment mit ihnen zu reden. Ich fragte mich, in welcher Beziehung er zu den beiden stand. Ein Bruder? Ein entfernter Cousin? Wirklich viele Ähnlichkeiten konnte ich auf den ersten Blick nicht feststellen. Er nickte ihnen zu, dann drehte er sich um und kam genau auf den Tisch zugelaufen, – ich schluckte – an dem *ich* saß. Er blieb vor mir stehen, ein charmantes Lächeln umspielte seine Lippen, und seine Augen – dunkelrote Seen - blickten mich durchdringlich an.

»Hey, ich bin Dalex. Darf ich mich zu dir setzen?« Ich spürte, wie sich meine Härchen an den Armen aufstellten. Er hatte eine verdammt tiefe und männliche Stimme und wirkte generell erwachsener als der Rest der Schüler um uns herum. Warum fühlte ich mich so eingeschüchtert in seiner Nähe?

Ich suchte nach meiner Stimme, dann sagte ich, so überzeugt ich konnte: »Klar, ich bin Snow, das ist Sam.« Ich deutete hinter mich, wo Sam gerade an einem Knochen kaute (ich hatte keine Ahnung woher er diesen hatte, aber ich schätzte Lila hatte ihm den besorgt. Vielleicht versuchte sie so, ihn auf ihre Seite zu ziehen) »Und das ist ...« Weiter kam ich nicht, den Lila unterbrach mich.

»Ich bin Lila. Was willst du hier, Dämon? Spürst du nicht, dass du nicht erwünscht bist?«, knurrte sie genervt und blickte ihn finster an. Eine Gänsehaut zog sich über meinen Körper. Von dem freundlichen, etwas gespenstischen Wesen neben mir war nichts mehr zu erkennen. Nur noch Hass war in ihren Augen zu sehen. Der *Dämon*, wie sie Dalex genannt hatte, gab sich jedoch unbeeindruckt und grinste mich zufrieden an.

»Mach dir keine Sorgen, Feen sind immer etwas empfindlich, wenn ein Wesen meiner Rasse anwesend ist. Darf ich mich trotzdem setzen?«, erklärte er und ich nickte, ehe er sich neben Sam auf den letzten freien Stuhl sinken ließ. Verwirrt blickte ich zwischen den beiden Streithähnen hin und her, doch ich kam nicht mehr dazu, nachzufragen, weshalb sie sich nicht ausstehen konnten. Feen und Dämonen waren zwar vor Jahren im großen Krieg beteiligt gewesen, doch die Rivalitäten waren abgeschwächt. So hatte ich es zumindest gehört. Was war also der Grund, dass sie sich unbekannterweise angriffen? Scheinbar war doch noch nicht alles geklärt.

Professor Dylane hatte soeben die Bühne betreten und in der Mensa verstummten die Gespräche nach und nach. Sie hob die Arme. Plötzlich umgab sie eine überwältigende Schneeböe, während aus dem Boden der Bühne ein Pult aus Eis wuchs. Ihr grünes Samtkleid war überzogen von eisigen Blumen und wandelte sich augenblicklich in Eisblau mit silbernem Festumhang und ihre Haare glänzten, als käme sie gerade aus einem Schneesturm heraus. Imposante Vorstellung. Was war sie? Eine Schneehexe? Eine Fee? Jedenfalls sah man ihr an, dass sie mächtig war, und ich verstand, warum man sie als Schulleiterin eingesetzt hatte. Mit ihr sollte man sich nicht anlegen. Ich blickte mich etwas um. Einige Hexen verglichen gerade ihre Zauberstäbe – ich erkannte eigentlich nur, dass sie Hexen waren, da sie auffallend rotes Haar hatten (verdammt viele Hexen hatten rote Haare) und spitze Zauberhüte trugen.

»Guten Abend, Schüler. Es freut mich, euch alle heute an unserer Schule begrüßen zu dürfen. Vor euch liegen nun vier lange Jahre, die sicherlich anstrengend sein werden. Aber es werden auch vier spannende Jahre werden, in denen ihr Freundschaften knüpfen werdet, Entscheidungen trefft, die euer Leben in zukünftige Bahnen lenken.« Sie machte eine Pause und unwillkürlich starrte ich zu den Zwamps (Zwillingsvamps). Mit DENEN wollte ich sicher nicht

Freundschaft schließen. Meine Kehle war mir heilig.

»Ich werde euch nun in eure Clans einteilen. Ihr werdet in Gruppen von zehn Personen unterrichtet. Diese Personen werden eure Familien und engsten Vertrauten sein. Clan A, zu dem vor langer Zeit Marie Antoinette gehörte, aus der Gattung der Elfen. Ihr Clan steht für Mut. Mitglieder sind: Michelle, Fee. Thomson, Zauberer. Samuel, … « Sie begann ihre Aufzählung und ich hörte ihr nur noch mit einem halben Ohr zu. Ich versuchte, möglichst unauffällig einen Blick auf Dalex zu werfen, welcher mich natürlich bemerkte und mir zulächelte. Dann beugte er sich leicht nach vorne, nicht sehr viel, aber doch genug, dass er über Sam hinüberkam und ich seinen warmen Atem auf meiner Wange spüren konnte.

»Ich hoffe ja, dass wir in einen Clan kommen. Ich möchte nicht mit zig Werwölfen verrotten. Oder gar bei einem ganzen Rudel von denen da«, hauchte er mir ins Ohr und deutete auf Lila, die uns skeptisch musterte. Ein eisiger Schauer rannte über meinen Rücken und beflügelte mich auf eine unangenehme Weise.

»Was die Werwölfe betrifft, ist es sehr wohl wahrscheinlich, dass sie euch zusammenstecken, Dämon. Dunkle Wesen kehrt man nicht ohne

Grund über einen Kamm. Ihr ergänzt euch doch so gut. Bei den Feen wärst du schneller verschwunden, als du *Feenstaub* sagen könntest.«

Lila warf ihm einen düsteren Blick zu und ich seufzte genervt, was Sam – der die Diskussion schweigend belauschte dazu brachte, seinen Kopf auf meine Schulter zu legen und mir röchelnd zu signalisieren, dass wenigstens er auf meiner Seite stand. Professor Dylane war inzwischen bei Clan C angekommen und verlas gerade die letzten Namen.

»Sam, Zombie. Lila, Sommerfee. Hope und Faith, Vampire. Dalex, Schattendämon. Snow, Totenbeschwörer.« Kaum hatte sie meinen Namen und meine Rasse ausgesprochen vernahm ich ein aufgeregtes Tuscheln und eine Schülerin am Nachbartisch warf einen Blick auf mich und brach in Tränen aus. Verwirrt blickte ich mich um, dann sah ich hilfesuchend zu Dalex, welcher seine Lippen zu einem dünnen Strich zusammengepresst hatte. Im nächsten Moment sprach er genau das aus, was ich dachte.

»Scheiße.«

Kapitel 5

»Habe ich etwas verbrochen?«, fragte ich ihn vorsichtig und er schüttelte nur den Kopf, entschied sich im nächsten Moment aber doch dafür, zu nicken. »Ich habe selten jemanden erlebt, der sich so schnell weniger Freunde macht, als es ein Vampir oder Dämon tut. Das ist beeindruckend.« Vom Nachbartisch ertönten Beschimpfungen und ich zog automatisch das Genick ein. Warum musste ich immer alles falsch machen?

»Meine Damen und Herren! Ich muss Sie zur Ruhe ermahnen! Das ist nun wirklich kein Grund, ihn zu beschimpfen«, vernahm ich Dylanes Worte, doch als wirklich tröstend empfand ich sie nicht. Lila sah mich schulterzuckend an.

»Immerhin sind wir im selben Clan und ich würde hier nicht sitzen, wenn ich es nicht sowieso schon getan hätte. Mir ist nur nicht so wohl dabei, dass er UND die Blutschwestern bei uns sind. Das sieht nach einer Menge Ärger aus.« Mein Blick schweifte zu Dalex, welcher scheinbar weniger Bedenken dabei hatte.

»Ruhig Blut, kleine Fee. Hope und Faith sind ganz handzahm. Es kursieren zu viele dunkle Gerüchte um die beiden. Du darfst einen

Vampir nie reizen, dann könnte er dir an die Kehle springen und dich schneller töten als du *Feenstaub* sagen kannst«, äffte er Lila nach und ich schluckte. So sehr ich mich auch versuchte, mich dagegen zu sträuben, so musste ich Lila recht geben. Mir war ebenfalls mehr als unwohl bei dem Gedanken daran. Vielleicht lag es einfach an dem Wissen, dass ein Vampir alleine noch zu überwältigen war, aber zwei Vampire, die sich dazu noch besser kannten, als man es erwarten konnte. Das war eine höchst explosive Mischung. Nicht, dass ich bestimmte Rassen einfach vorschnell verurteilte, aber Vampire waren in der magischen sowie in der nicht magischen Gesellschaft gefürchtete Wesen. Seit dem Krieg hielten sie sich zwar meist im Schatten, lebten in ihrer eigenen Politik und Rechtsprechung, doch waren sie nicht zu unterschätzen.

Professor Dylane verlas gerade den letzten Clan, dann herrschte in der Halle eine plötzliche Aufbruchsstimmung. Seit wann war sie denn fertig? Perplex erhob ich mich von meinem Suhl und sah Dalex fragend an.

»Wir sind entlassen. Wir können jetzt in unsere Häuser.« Ich sah mich um. Lila war bereits verschwunden. Nur Sam stand noch unschlüssig neben mir. Ich deutete ihm an, dass er mir folgen sollte, dann ließ ich mich von Dalex aus der Mensa herausführen.

Wir kamen durch einen kleinen Waldabschnitt und ich vernahm in der Ferne den Ruf einer Eule. Woher Dalex jedoch wusste, wo wir hingingen, konnte ich nicht sagen.

Scheinbar folgte er irgendwelchen Markierungen, dann blieb er vor einem Wasserfall stehen. Eine malerische Kulisse der untergehenden Sonne umgab uns. Das erklärte, warum es einige so eilig hatten, zu verschwinden.

»Hör zu, Snow. Es wird für dich nicht einfach. Die meisten hellen Wesen haben Angst vor dem Tod. Die dunklen Wesen fürchten die Rückkehr von Toten. Du hast die Macht, sie zurückzuholen, mit ihnen zu kommunizieren. Das macht dich einzigartig, aber erwarte dadurch keine Freundschaften. Du bist für beide Parteien nicht gerade ein Glücksgriff. Dein Beliebtheitsgrad wird dir also nicht gerade zu Höchstleistungen verhelfen. Einige wollen dich tot sehen. Totenbeschwörer haben ohnehin ein schweres Schicksal. Das Mädchen in der Mensa, das in Tränen ausbrach. Sie hoffte darauf, dass du sterben würdest. In ihren Augen bringen Totenbeschwörer Unglück und Leid. Nimm dir folgenden Rat zu Herzen, Snow: Wähle lieber gleich gut aus, mit wem du dich verbündest. Traue niemanden. Hörst du? Vertraue keinem. Nicht einmal dir selbst.«

Ich nickte zögernd, erst dann wurden Dalex Gesichtszüge wieder weicher und ein Lächeln umspielte seine Lippen.

»Und was ist mit dir?«, fragte ich ebenfalls grinsend. Er zögerte einen Moment, dann antwortete er, ohne seine Mimik zu verändern: »Nicht einmal mir solltest du trauen. Ich bin ein Dämon, eine Ausgeburt der Hölle. Nicht gerade der Wunschkandidat für eine Freundschaft.« Er fuhr sich durch das schokoladenbraune Haar und zwinkerte mir vielversprechend zu.

»Aber vielleicht bin ich ja für mehr als eine reine Freundschaft.« Dann verschwand er, ohne auf mich zu warten, im Wald. Deutlich verwirrt sah ich ihm nach. Flirtete dieser Kerl ernsthaft mit mir? War denn in der Zauberwelt gar nichts normal? Selbst, dass ein wildfremder Kerl mir gerade eine Freundschaft – Plus? – angeboten hatte? Ging das überhaupt? Wenn ich ehrlich war, machte ich mir keine Gedanken darum, mit wem ich mein Leben verbringen würde. So unwahrscheinlich war es dann also gar nicht, dass es vielleicht auch ein Mann sein konnte, mit dem ich meinen Lebensabend verbringen würde, aber so deutlich wurde ich noch nie von jemanden an gegraben. Ich schüttelte den Kopf, um den Gedanken zu verwerfen, und nahm mir vor, das Thema erst einmal ruhen zu lassen. Was brachte es mir schon, unnötige Gedanken über etwas zu machen, das »vielleicht« sein könnte.

Dalex war einige Meter zurückgekommen, als er bemerkte, dass ich ihm nicht folgte. Abwartend stand er am Waldrand und lächelte milde. Warum beobachtete er mich so? Sam kam mit einem Stock in der Hand zu ihm zurückgelaufen und Dalex strich ihm abwesend über den Kopf. Ich unterdrückte ein Seufzen. Sam war wirklich wie ein Hündchen. Zumindest verschwand er genauso gerne. Vielleicht sollte ich ihm eine Leine anlegen.

»Kommst du?«, rief Dalex und ich nickte, obwohl ich mir nicht sicher war, ob er es von dieser Entfernung aus überhaupt sehen konnte. Was bewog ihn dazu mich zu mögen? Wollte er mich beschützen? Wollte ich mich beschützen lassen? Ich kannte die Antwort bereits.

»Ja«, flüsterte ich, unsicher, ob ich damit ihm oder mir eine Antwort geben wollte. Dann lief ich ihm entgegen. Als ich aufgeholt hatte, blickte ich in seine Augen und beschloss, in naher Zukunft darüber nachzudenken, ob ich ihm vertrauen sollte. Mein Gefühl drängte mich dazu.

Dann gingen wir den restlichen Weg zum Haus gemeinsam. Doch keiner von uns beiden sprach ein Wort.

Ich hatte angenommen, dass wir im Schloss wohnen würden, aber scheinbar hatte sich seit der Schulzeit meiner Oma einiges geändert. Inzwischen setzte die Direktion wohl mehr auf die Selbständigkeit der Schüler, denn Dalex führte mich zielsicher zu einem kleinen, von Weinranken umschlungenen Bungalow.

Er erstarrte in seiner Bewegung und schüttelte ungläubig den Kopf.

»Verdammte Scheiße! Was soll dieser Märchenstil schon wieder. So was kann man doch niemanden zumuten! Das sieht ja aus wie im Feenland«, fluchte Dalex ausgiebig. Und scheinbar schien er damit nicht der Einzige zu sein, denn aus dem Inneren rauschten zwei verdammt genervt aussehende Vampirschwestern direkt auf uns zu. Dalex lächelte sie beruhigend an und machte einen Schritt in ihre Richtung, doch sie schienen ihr Tempo nicht zu verlangsamen. Sichtlich genervt packten sie ihn links und rechts und zogen ihn kampflos ins Innere des Waldes.

Irritiert blickte ich ihm nach, dann zuckte ich mit den Schultern und warf einen letzten prüfenden Blick auf unser neues Heim. Vor dem kleinen, aber geräumig aussehenden Haus stand noch ein kleineres Häuschen, welches ich im ersten Moment für ein Vogelhäuschen gehalten hatte, das mich aber beim genaueren Hinsehen eher an ein

Schmetterlingshaus aus einem Zoologischen Garten erinnerte. Was zur Hölle sollten wir mit Schmetterlingen anfangen? Bitte lass nicht noch einen Gemüsegarten um die Ecke stehen! Einen grünen Daumen konnte ich leider nicht vorweisen.

Dennoch überwog meine Neugierde und ich blickte hinein. Tatsächlich wurde ich von einer kleinen Fee angeflattert, welche mir genervt vor der Nase herumflog und mich mit erhobenen Zeigefinger rügte.

»Sag mal, hast du sie noch alle, Snow! Du haust ab, mit diesem Typen, der mordsgefährlich ist, Sam ist ebenfalls verschwunden, und dann steckst du deine Nase in meine Wohnung? Du bist ein unhöflicher Vollidiot!« Verwirrt blinzelte ich und musterte die kleine Fee, die mich im ersten Moment vom Wesen her unheimlich an Tinkerbell aus Peter Pan erinnerte. Vielleicht waren alle Feen so temperamentvoll. Und doch kam sie mir bekannt vor. Das violette Kleidchen, die violetten Haare. Definitiv die kleinere Feenversion von Lila. Na, dann war ihre Wut immerhin gerechtfertigt.

»Tut mir leid. Er hat mich mitgezogen. Außerdem ist er ja ganz nett ...« »Ganz nett? Ein Dämon ist *nie* nett! Vor allem nicht, wenn er mit Vampiren unter einer Decke steckt. Hat er dir schon die ewige Liebe bekundet? Deine Seele hast du ihm hoffentlich noch nicht versprochen, oder? Geh keinen Pakt mit dem Teufel ein! Er ist zu gefährlich, Snow«, pustete sie weiter und ich sah beschämt zur Seite. Ich wollte mich nicht mit ihr anlegen und über Dinge diskutieren, die sie nicht verstehen konnte. Mein Gefühl sagte mir, dass es wichtig war, in Dalex Nähe zu bleiben. Das musste doch irgendetwas bedeuten. Ich versuchte also schleunigst, das Thema zu wechseln, und blickte mich um.

Sam war wohl schon nach drinnen gegangen.

»Sagen deine Feensensoren dir zufällig, wo Sam ist?«, fragte ich beiläufig und sie schien sich dadurch tatsächlich zu beruhigen. Sie flatterte auf den kleinen Absatz und ließ sich darauf sinken, während sie tief ein- und ausatmete.

»Er ist im Wohnzimmer. Ihm geht es so weit gut. Aber Snow? Ich mache mir wirklich Sorgen. Sei einfach vorsichtig, okay?«, antwortete sie und ich nickte ihr zu. Erst dann verschwand sie im Feen-Haus. Als ich mir sicher war, dass sie verschwunden war, schüttelte ich seufzend den Kopf. Sorgen. Warum machte sich jeder nur Sorgen um mich? War es denn so ungewöhnlich, dass man jemanden kennenlernte, mit dem man sich verstand? Selbst wenn er scheinbar gefährlich war? Lila sollte sich nicht um mich sorgen.

Ich war alt genug, um auf mich selbst aufzupassen.

Ich öffnete die Tür und noch bevor ich reagieren konnte, wurde ich von einem halbnackten Typen – das hieß so viel, wie dass er nur eine Shorts trug und diese verdammt eng an seinen Hüften saß – mit ziemlich vielen Muskeln - angesprungen. Verdammt, zu viel Körpernähe auf einmal. Verwirrt löste er sich von mir und kratze sich verlegen am Hinterkopf.

»Irgendwie bist du nicht der, den ich erwartet hatte. Nicht, dass ich generell viele Leute erwarte. Ich bin Jan. Ich hatte eigentlich gehofft, dass Felix oder Jamie durch die Tür kommen würden. Gehört der Zombie zu dir?«, fragte er und trat einen Schritt zurück, um mich zu mustern. Dann nickte ich und er lächelte charmant.

»Wenn du ihn suchst, dann schau am besten in der Küche nach. Er futtert gerade seine Gehirne. Kein sonderlich appetitlicher Anblick. Wir sehen uns dann, Snow«, entgegnete Jan, ehe er sich ein Handtuch schnappte, das an der Stuhllehne hing, und verschwand. Mehr als irritiert sah ich ihm nach. Waren hier an der Schule alle Leute total bekloppt? Oder lag das nur an meinem Clan?

Ich hielt es für sinnvoller, es einfach auf meinen Clan zu schieben, dann hatte ich immer noch die Möglichkeit, jemanden kennenzulernen, der halbwegs normal war.

Gerade, als ich mich auf den Weg in die Küche machen wollte, hatte ich dann das zweifelhafte Vergnügen, die zweite fremde Mitbewohnerin meines Clans kennenzulernen. Eine etwas zu kurz geratene, rothaarige Dame, die ihre Haare zu einem Dutt gesteckt hatte und eine lange dunkelgrüne Robe mit Flammensymbolen trug. Um ihren Hals prangte ein silberner Hexenstern und Tätowierungen, die mich an Spinnennetze erinnerten, zierten ihr Dekolleté und ihre Arme.

»Ah, sieh an. Der Junge, der mit den Toten spricht. Glaube aber ja nicht, dass ich dir irgendwie weiterhelfen kann, und vor allem glaube nicht daran, dass ich es will. Ich habe meine eigenen Probleme, was stören mich dann die der Toten? Es ist böse Magie, die du verwendest, ohne es auch nur zu wissen!«, knurrte sie und verschwand mit aufgebauschter Robe aus der Küche, wo mich Sam bereits erwartungsvoll anblickte. Um ihn herum standen Töpfe und ein Korb mit frischen Lebensmitteln. Scheinbar hatten die Lehrer für uns eingekauft. Die Küche war recht geräumig und in Grün gestrichen. Sam, der den Mittelpunkt der Küche kennzeichnete und ein Gehirn verspeiste, trug einen meiner Lieblingsschals, also musste er unser Gepäck gefunden haben. Und mal von den widerlichen Gehirnresten an seiner Wange abgesehen, war ich froh ihn wiederzusehen. So langsam glaubte ich daran, dass ich im Irrenhaus gelandet war, zumindest nachdem ich Bekanntschaft mit meinen Mitbewohnern hatte machen müssen. Seufzend ließ ich mich auf den Küchenstuhl sinken und beobachtete Sam. Er rülpste und wandte sich wieder seinem Kauknochen zu.

Ein Zombieleben müsste man führen können! Es sah so einfach aus.

»Hey, Drachentöter!« Was zur Hölle? Verwirrt blickte ich mich um, doch mein Blick fiel nur auf den kleinen, schwarzen Hund im Türrahmen. Warum konnte dieser Hund sprechen? Ich forschte nach der Kälte, doch sie blieb aus.

»Ich bin kein ...«, setzte ich an, doch der Hund begann sich zu krümmen und kurz darauf stand ein schwarzhaariger Mann vor mir. Schlanke Statur, auffällige Tätowierungen.

»Mir ist egal, was du bist. Aber – du sitzt auf meinem Stuhl. Und das mag ich überhaupt nicht.«

Ich musterte ihn. Undefinierbare Augen, sprechende Tiere, wechselnd zur menschlichen Gestalt. Ein Gestaltenwandler. Natürlich, warum war ich nicht sofort darauf gekommen und rechnete schon wieder mit dem Schlimmsten? Es war zum Lachen.

Das Knurren riss mich aus den Gedanken.

»Wird's jetzt endlich, oder muss ich dir erst die Kehle rausreißen?« Ich hatte das doofe Gefühl, dass er seine Drohung wahrmachen würde, wenn ich nicht gleich aufstand. Er setzte bereits zum Sprung an, als sich ein silberblonder Mann dicht hinter ihn stellte und seine Hand beruhigend auf seine Schulter legte.

»Beruhige dich, Jamie. Alles ist gut. Leg dich nicht mit ihm an. Er ist ein Totenbeschwörer und die Toten geben ihre Gefangenen nie wieder her.« Die Hand des Blonden strich über Jamies Kopf und der Gestaltenwandler schien sich augenblicklich zu beruhigen.

»Du musst Snow sein, oder? Ich bin Felix. Werwolf. Das ist Jamie. Wie ich vernommen habe, hast du schon Bekanntschaft mit Wanda gemacht? Keine Sorge, sie mag wohl eine Kratzbürste sein, aber man kann mit ihr klarkommen – wenn sie will.«

Ich musterte die beiden und nahm mir fest vor, eine Notiz zu Werwölfen und Gestaltenwandlern zu machen. Scheinbar lebten sie gemeinsam in Rudeln, na ja wenn man eine Zwei-Mann-Gruppe als ein Rudel bezeichnen konnte.

Er grinste breit und streckte mir die Hand entgegen. Misstrauisch ergriff ich sie und deutete auf Sam, der sich gerade die Reste des Gehirns wegwischte.

»Freut mich, dich kennenzulernen. Das da hinten ist Sam. Er ist der Grund, warum ich hier bin. Ich will euch keinen Ärger machen.«

Felix nickte verständnisvoll, dann wurde seine Miene härter.

»Hör zu, Kleiner, keiner von uns will dir Probleme bereiten. Sorge einfach dafür, dass deine Toten nicht hier reinkommen und wir können Freunde werden, okay?« Ich schluckte, dann nickte ich zaghaft.

Das konnte ja heiter werden.

Kapitel 6

Einige Minuten wartete ich schweigend darauf, dass sich meine übrigen Mitbewohner endlich in ihre Gespräche vertieften, ehe ich Sam mit einer deutlichen Kopfbewegung zu verstehen gab, dass er mir folgen sollte. Besser verschwanden wir sofort, bevor wir noch in Teufels Küche kamen. Vielleicht hatte ich ja Glück und Dalex war inzwischen zurückgekehrt. Irgendwie sehnte ich mich nach jemanden, mit dem ich einigermaßen *normal* reden konnte. Wie konnte man auch eine Fee, einen Werwolf – der scheinbar in einer komischen, mir noch nicht erschlossenen Beziehung mit dem Gestaltenwandler stand – eine Hexe, einen Zombie und einen halbnackten Halbgott mit einem Totenbeschwörer zusammenstecken?

Da war mir die dunkle Fraktion (Vampire und Dämonen) plötzlich viel sympathischer. Immerhin verhielten diese sich zwar ebenfalls seltsam, aber seltsam war besser als absolut merkwürdig.

Sam schlüpfte unter der von mir aufgehaltenen Tür in den Flur und ich warf einen letzten Blick zu den beiden Verbliebenen, die sich inzwischen kuschelnd auf die Couch gesetzt hatten. Ich drehte mich um und sah direkt in zwei rotglühende Augenpaare. Ein verschmitztes Lächeln umspielte die dunkelrot geschminkten Lippen einer der Zwillingsschwestern, während die andere unbeteiligt hinter ihr stand und mich amüsiert musterte.

»Na, na, na. Wohin denn so eilig?«, fragte mich die Erstgenannte und lächelte breiter, sodass ich ihre langen weißen Zähne direkt erkennen konnte.

Ich schluckte und zwang mich dazu, mir als Mantra einzuprägen, dass man sich bei einem Vampir wie bei einem fremden Hund verhalten musste. Keine Angst zeigen. Niemals. Das endete in den meisten Fällen tödlich.

»Ich war auf der Suche nach meinem Zimmer«, erklärte ich möglichst ruhig und entlockte ihr somit ein Lachen.

»Es ist doch noch keine Zeit für das Bett, mein Lieber. Komm, leiste uns noch etwas Gesellschaft. Immerhin ist die Nacht noch jung. Ich bin Hope und das«, sie deutete auf ihre Zwillingsschwester, welche sich grinsend bei mir unterhakte, »ist Faith. Sie ist etwas kleiner, falls dir das hilft. Und du bist?« Ich schloss die Augen und stieß die Luft leicht aus.

»Snow.« Dann folgte ich ihnen mit einem unguten Gefühl hinaus in die Nacht. Widerstand war ohnehin zwecklos, gegen einen Vampir hatte ich keine Chance. Also würde ich mich überraschen lassen, was sie vorhatten.

Das Schulgebäude war riesig, obwohl einige Teile noch im Dunkeln verborgen lagen. Ich hatte das mulmige Gefühl, dass ich mich alleine hundertprozentig verlaufen hätte, doch meine zwei äußerst charmanten Begleiterinnen schienen alles im Griff zu haben. Na ja, wenn man ein Geschöpf der Nacht war, müsste man sich ja eigentlich im Dunkeln wohlfühlen, nicht wahr? Jedenfalls schienen sie nicht sehr gesprächig zu sein, denn auf meine anfängliche Frage, wohin wir gehen würden, erhielt ich keine Antwort. Weder von Hope noch von Faith.

Ich verließ mich auf meine übrigen Sinne, denn sehen konnte ich in der Dunkelheit ohnehin kaum etwas. Ich vernahm das Rauschen eines Flusses in der Nähe und den Ruf einer Eule. Unter meinen Füßen brach das ein oder andere Mal ein Ast. Wahrscheinlich befanden wir uns in einem Wald.

Erst, als wir an den Mauern des Schulgeländes ankamen, hielten meine Begleiterinnen an und ich taumelte hilflos zur Seite. Ich sah im Dunkeln ziemlich schlecht und das Blätterdach über mir machte es nicht besser. Was zur Hölle hatten sie vor? Wie zwei Raubtiere umkreisten sie mich, was mich in Anbetracht der Tatsache, dass ich sie bis vor wenigen Minuten noch auseinanderhalten konnte und jetzt nicht mehr, nervös machte. Warum war ich auch so dumm gewesen und hatte mich nicht gewehrt? Warum war ich mit ihnen gegangen? Sympathie hin oder her. Sie waren gefährlich! Hätte mir nicht gleich klar sein müssen, dass sie nach meinem Blut dursteten? War ich wirklich so naiv? Ich spürte den Atem von einer von ihnen an meinem Hals und hielt augenblicklich die Luft an.

»Du riechst verdammt verführerisch. Wir hätten da ein Angebot für dich«, hauchte sie erotisch, während ihre Zwillingsschwester ihre Hand lasziv auf meinen Hintern legte und ihren Körper dicht an meinen Rücken presste, sodass kein Blatt Papier mehr zwischen uns gepasst hätte.

»Und was für ein Angebot wäre das?«, fragte ich, obwohl ich mir die Antwort schon fast denken konnte. Vampire waren bekannt dafür, dass sie nur zwei Dinge wollten. Sex und Blut. Am besten in genau dieser Reihenfolge. Ich spürte, wie die Hand der Schwester hinter mir langsam ihren Weg von meinem Arsch zu meinem Schritt fand und dort einen Moment verweilte, ehe sie geschickt in meinen Hosenbund abtauchte und mich aufkeuchen ließ. Sie wusste genau, wie sie mich berühren musste. Verdammte Vampire!

»Du bekommst den geilsten Sex deines Lebens und wir bekommen dein Blut. Ich finde, das wäre doch ein guter Deal, nicht wahr, Snow? Ober willst du lieber mit Dalex in die Kiste? Er ist doch nur ein einfacher Mann. Wir wissen, was dir gefällt. Vertrau uns.« Ihre Lippen waren kaum noch einen Zentimeter von meinen entfernt und ich konnte ihren Atem auf meinem Gesicht spüren, während sie sprach. Mein Körper reagierte auf ihren Zauber. Mist. Vampire besaßen die Macht, auf jedes Wesen anziehend zu wirken und konnten jede Orientierung aufheben. Es war ihnen egal, auf was man stand. Ein Vampir nahm sich, was er wollte. Die einzige Möglichkeit, die mir nun noch blieb, war es, sie davon zu überzeugen, dass ich immun gegen ihren Zauber war. Ich schluckte ein letztes Mal, dann nahm ich all meinen Mut zusammen, während ich versuchte, diese verführerische Hand in meinem Schritt zu ignorieren – es war so unheimlich schwer. Diese Berührungen brannten auf meiner Haut. Ich durfte mich ihnen nicht hingeben. Ich hatte andere Ziele.

»Nei …Nein … Kein Interesse.« Die Worte kamen mir kaum über die Lippen und doch war die Wirkung fatal.

Die roten Augen verengten sich zu gefährlichen Schlitzen, während die Berührungen augenblicklich stoppten und sie mich direkt an den Rand des naheliegenden Brunnens drückten.

»Nein? Du wagst es, unser Angebot auszuschlagen? Wir könnten dir ein besseres Leben bieten. Eins in unserer Gemeinschaft, nicht ausgeschlossen und ohne deinen misshandelten Ruf. Du verzichtest freiwillig auf all das und sagst nein?« Ich spürte ihre Hände an meinen Schultern, wie sie mich direkt über den Brunnen drückten. Dann warf sie einen letzten Blick über die Schulter zu ihrer Schwester, welche ihr zunickte.

»Tu es, Faith. Er hat es nicht anders verdient.«

Nach diesen Worten übermannte mich die Erdanziehungskraft und ich fiel.

Erschrocken riss ich die Augen auf, als mein Sturz vom Wasser abgefedert wurde und ich auftauchte. Verdammte Mistweiber! Vertraue niemals einer Frau, vor allem keinem Vampir. Danke Oma, du hattest mal wieder vollkommen recht mit deinen Weisheiten. Warum hielt ich mich nur nie daran? Und was sollte ich nun machen? Ich vernahm ihr Kichern, dann verstummten ihre Stimmen. Sie würden mich doch hoffentlich nicht hier drinnen vermodern lassen, oder? Vorsichtig blickte ich mich um, neben mir schwamm ein Totenkopf und ich schluckte hart. Okay, vermutlich hatten sie den Tipp von einem anderen Vampir bekommen und würden mich nun definitiv in diesem Brunnen sterben lassen. Ob es wohl half, wenn ich um Hilfe rief?

»Hallo? Ist da jemand? Hilfe!« Meine Stimme halte von den Steinwänden zurück, doch nichts passierte. Warum sollte es auch? Hier unten würde niemand jemanden erwarten. Ich konnte nur hoffen, dass mich nicht noch irgendein Brunnenmonster auffressen würde. Das würde zu meiner Pechsträhne im Moment passen. Es war bereits spät und der Morgen graute. Wenn ich Glück hatte – was im Moment eher nicht der Fall war würde jemand mein Fehlen bemerken und mich suchen. Das konnte ich zumindest hoffen. Ob es so kommen würde, wusste ich leider nicht.

Trotz des recht kühlen Wassers musste ich irgendwann eingenickt sein, denn ein mir mehr als vertrautes Röcheln ließ mich aufschrecken.

Mit einem Blick nach oben stellte ich fest, dass Sam mich gefunden hatte. Meine Rettung? Wohl eher nicht, aber es tat gut zu wissen, dass ich immerhin nicht alleine sterben musste. Sam war zu mir zurückgekehrt, nachdem er die Zwillingsschwestern bemerkt und daraufhin das Weite gesucht hatte. Lila schien zumindest mit der Loyalität recht zu haben und ich fügte zu meinem inneren Lexikon hinzu, dass sich Zombies nicht sonderlich gut mit Vampiren zu verstehen schienen.

»Hast du ihn gefunden?«, rief eine Stimme und Sam verschwand aus meinem Sichtfeld, nur um wenige Sekunden später mit Dalex und Jan an seiner Seite zurückzukehren.

»Hey Snow, alles klar bei dir?«, rief Jan nach unten und Dalex gab ihm einen Schlag auf den Hinterkopf. Scheinbar war er gar nicht so begeistert von Jans Anwesenheit.

»Was fragst du so doof, Herkules? Natürlich ist nichts klar, sonst würde er definitiv nicht in einem Brunnen festsitzen.« Jan verzog schmerzlich das Gesicht, ich meinte aber, trotz der Entfernung ein leichtes Lächeln zu erkennen.

»Wie bist du überhaupt da runtergekommen?«, fragte Dalex und schien sichtlich besorgt. Die Sonne färbte den Himmel bereits orange, sodass ich glücklicherweise etwas Licht hatte. Seufzend zuckte ich mit den Schultern.

»Ich spiele ungern Blutkonserve«, antwortete ich locker und versuchte dennoch, einigermaßen ernst zu wirken.

»Und wie wollt ihr drei mich jetzt hier rausbekommen?« Dalex grinste breit, dann deutete er auf Jan.

»Dafür haben wir ja unseren Halbgott. Der gute Mann wird dich jetzt ganz elegant auf einer

Wolke hinauftransportieren«, erklärte Dalex lachend und ich sah ihn skeptisch an.

War das etwa sein Ernst? Mein Blick musste scheinbar Bände sprechen, denn er schüttelte lachend den Kopf.

»Keine Sorge, nimm einfach das Seil, dann ziehen wir dich nach oben.«

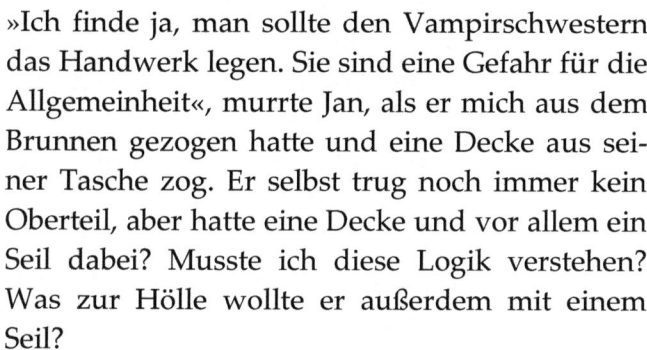

Kapitel 7

»Ich finde ja, man sollte den Vampirschwestern das Handwerk legen. Sie sind eine Gefahr für die Allgemeinheit«, murrte Jan, als er mich aus dem Brunnen gezogen hatte und eine Decke aus seiner Tasche zog. Er selbst trug noch immer kein Oberteil, aber hatte eine Decke und vor allem ein Seil dabei? Musste ich diese Logik verstehen? Was zur Hölle wollte er außerdem mit einem Seil?

Sam knurrte jedoch beinahe so, dass es wie eine Zustimmung auf Jans Wutanfall klang. Ich lächelte milde. Die Kälte steckte mir noch in den Knochen und Dalex schien das Thema einfach zu ignorieren. Warum sollte er sich auch Gedanken darüber machen? Immerhin waren Hope und Faith mit ihm befreundet. Er würde sicherlich nicht in den Brunnen geworfen werden.

Der Heimweg verlief ruhig. Jan wetterte gegen die Zwillinge, Sam rannte voraus und Dalex lief zu meiner Linken. Er lächelte zufrieden, war aber nicht sehr gesprächig. Die Sonne hatte ihren Weg gen Himmel angetreten und tauchte die Welt in ihr sanftes orangefarbenes Licht. Die Bäume

glänzten im Licht ihrer Strahlen und ich konnte bereits unser Clanhaus erkennen, das vor uns lag. Jan war der Erste von uns, der die Tür aufstieß und den Flur betrat, von dem man in die jeweiligen Schlafzimmer, das Wohnzimmer und die Küche kommen konnte. Immerhin hatte jedes Schlafzimmer ein eigenes Badezimmer, hatte ich mir von Dalex sagen lassen. So gesehen ein Luxusurlaub.

»Home sweet Home. Schau Snow, die dritte Tür links ist dein Zimmer, ich weiß nicht, ob du es schon gefunden hast, aber Sam ist vorhin zumindest schnurstracks dorthin gelaufen. Er hat vermutlich irgendetwas Vertrautes gerochen«, erklärte er und ich nickte dankbar. Ich hatte tatsächlich noch keinen Blick in mein Zimmer geworfen. Ich trat vor die Tür, erst dann blickte ich zu ihnen zurück.

»Danke für alles.« Ich erhielt ein ehrliches Grinsen und ein Peacezeichen von Jan, ehe er mich kurzerhand in eine Umarmung zog.

»Bitte, ich hoffe, wir haben noch mehr Zeit uns kennenzulernen.« Mit diesen Worten ließ er mich los und verschwand drei Türen weiter. Nur Dalex blieb an seiner Stelle stehen, während Sam hinter mir die Tür aufstieß und nach drinnen verschwand.

»Es tut mir leid. Ich werde sie morgen zur Rede stellen«, begann Dalex, doch ich winkte nicht ab.

Ich wollte nicht länger an das Vergangene denken.

»Es ist okay. Danke für die Rettungsaktion.« Ein Lächeln umspielte seine Lippen.

»Bitte. Ich wünsche dir eine gute Nacht, Snow.«

»Dir auch, Dalex.« Mit diesen Worten drehte ich mich um und schloss die Tür von innen.

Mein Blick fiel auf die zwei Betten in meinem Zimmer. Auf dem einen lag bereits Sam, der vor sich hin schnarchte, das andere war noch frei. Einzig mein Notizbuch lag darauf. Ich hatte es wohl im Stress verloren und Sam musste es mir zurückgebracht haben. Meine Finger strichen über den alten, bereits abgenutzten Ledereinband. Ein Geschenk meiner Großmutter. Damit ich nie in Schwierigkeiten geriet und mir wichtige Dinge notieren konnte. Nun ja, meist notierte ich mir Dinge zur magischen Welt, auch, wenn ich nie erwartet hätte, es je zu brauchen. Ich schlug eine leere Seite auf und beschloss, zumindest mal zu notieren, mit welchen Menschen ich hier mein Leben verbrachte. Vielleicht würde ich auf Dauer neue Erkenntnisse über die jeweiligen Wesen sammeln.

Sonderlich aufschlussreich war das Ganze dann jedoch nicht.

Es war später Nachmittag, als es an der Tür klopfte und ich somit aus meinem Schlaf gerissen wurde. Ehe ich handeln konnte, wurde die Tür aufgerissen und Jan stand mit tropfenden Haaren und nur einem Handtuch um die Hüften in unserer Tür. »Aufstehen, ihr Schnarchnasen! In knapp einer Stunde gibt es Frühstück! Und der Ablauf für die Woche ist auch schon da!«, tat er seine Mitteilung kund, ehe er sich glanzvoll umdrehte – ich wunderte mich dabei, dass das Handtuch dortblieb, wo es hingehörte – und die Tür hinter sich zufallen ließ. Mein Blick fiel auf mein Notizbuch, das noch immer bei der Clanseite aufgeschlagen war. Kopfschüttelnd schloss ich es und machte mich auf den Weg ins Badezimmer, während ich beschloss, Sam noch etwas liegen zu lassen. Er war schon immer schneller im Bad gewesen als ich. Gerade als Jan erneut klopfen wollte, riss ich das nervtötende Holzgestell auf und starrte direkt in drei irritierte Gesichter. »Guten Morgen, Drachentöter!«, begrüßte Jamie mich und ich blickte ihn verwundert an. Der Gestaltenwandler stand hinter Jan, seine Hand umfasste die von Felix und ich grinste ahnend. »Guten Morgen, wohin gehen wir?«, fragte ich in die Runde und Felix deutete mit seinem Kopf nach links, in Richtung Haustüre. »Erst mal was frühstücken, danach ist eine Besichtigungstour mit Professor Dylane geplant und über die Woche verteilt dann *Kennenlernspiele*.« Ich seufzte. Irgendwie klang das ja ganz lustig, auch wenn ich so meine Gedanken dazu hatte.

Gelangweilt starrte ich auf die Tasse schwarzen

Kaffees in meinen Händen. Obwohl ich mich gerade noch hellwach gefühlt hatte, überkam mich langsam die Müdigkeit. Der ganze Schulalltag stellte meinen gewöhnlichen Tagesablauf auf den Kopf. Der Unterricht begann abends um neunzehn Uhr. Frühstück gab es ab siebzehn Uhr in der Mensa und die erste Woche würde eine Einführungswoche sein. Ich hoffte, dass diese Müdigkeit vielleicht einfach am gestrigen Tag lag. Ich hatte mir irgendwie mehr Feinde als Freunde gemacht.

Auf dem Weg zur Mensa wurde ich Zeuge, wie Dalex gerade eine Diskussion mit den Zwillingsschwestern führte. Scheinbar ging es um gestern Abend und es erfüllte mich mit Stolz, dass er sich so für mich einsetzte. Allerdings konnte ich es nicht wirklich nachvollziehen. Hatte er mir nicht dazu geraten, niemanden zu vertrauen? Warum tat er dann Dinge, die mich automatisch dazu brachten, ihm mehr zu vertrauen als dem Rest unseres Clans?

Das Frühstück sowie das Mittagessen wurden in der Mensa im Schloss serviert, damit die Neuigkeiten und Ankündigungen auch wirklich alle Schüler erreichten. Mal davon abgesehen traute ich es meinem Clan sowieso nicht zu, dass sie sich auf irgendetwas Essbares einigen würden, das jeder mochte. Und wer es dann kochen würde, wäre die nächste Frage. Dazu hatte man es so einfach näher zu den Unterrichtsräumen, wenn auch heute noch kein Unterricht sein sollte. Unser Stundenplan sah jedoch sehr interessant aus.

	Mo	Di	Mi
1 & 2	Soziologie	Geschichte der Magie und Zauberei	Beschwörung
3 & 4	Einfache Alltagszauber	Magische Pflanzen und Tiere	Clubs
5 & 6	Sprachen	BWL	Mathe

	Do	Fr
1 & 2	Zaubertränke	Kräuterkunde
3 & 4	Individuelle Förderung	Menschenkunde
5 & 6	Clubs	Individuelle Förderung

»Ich weiß nicht, irgendwie finde ich gerade Fächer wie Mathe und BWL total unnütz. Wir sind hier an einer Schule für magische Wesen. Wofür brauchen wir so etwas?«, vernahm ich Felix's Mosern und blickte zu ihm und Jamie, die ebenfalls ihre Stundenpläne beäugten. Lila lachte und mir schoss eine Weisheit meiner Oma in den Kopf. »Stell dir vor, jemand gibt dir drei Wünsche und du antwortest ihm: Kaffee, Schokolade, Muffins und ewiges Leben. Der wichtigste Wunsch fällt weg weil du nicht zählen kannst. Dafür brauchst du Mathe«, erklärte ich und wurde skeptisch beäugt. Ich seufzte. Na ja, war eigentlich ja auch egal. Dalex beobachtete mich schmunzelnd.

»Wo trifft man sich gleich?«, fragte ich in die Runde und Jan hob seinen Blick in meine Richtung. »In zehn Minuten im Foyer. Wieso?«, fragte er und ich kippte meinen Kaffee nach unten und stand auf. Dalex tat es mir gleich. Ob er ahnte, dass ich mit ihm reden wollte?

»Hab meine Gründe«, warf ich ein, ehe ich davoneilte. Sam sah mir nach, doch er folgte mir nicht. Vermutlich war Lilas Kauknochen ihm lieber und ich hatte irgendwie im Gefühl, dass sie ihn sicher mitbringen würde.

Ich war gerade um die erste Ecke gebogen, als Dalex aufholte.

»Geht es dir gut?«, fragte er, während wir durch die kalten Gänge des Schlosses gingen. Hin und wieder kreuzten eine Rüstung und ein Wappen unseren Weg. Ich nickte kaum merklich auf seine Frage, dann drängte er mich gegen eine Wand mit den Händen links und rechts von meinem Kopf abgestützt. Ich konnte seinen Atem direkt auf meiner Haut spüren und erschauderte unter seiner Berührung.

»Ich weiß genau, was dir Hope und Faith angeboten haben. Snow, bitte, ich möchte, dass du mir sofort Bescheid sagst, wenn sie so etwas wieder im Schilde führen, okay? Du bist zu gut, um als Vampirhäppchen zu sterben.« Seine Stimme war nur ein Hauchen und ich nickte vorsichtig. Seine Hand berührte meine Wange.

»Ich will nur, dass dir nichts passiert. Sie werden dich aber in Ruhe lassen, denke ich.«

Ich nickte erneut, ehe er von mir abließ und mich sanft anlächelte. Dann folgte ich ihm zum ausgemachten Treffpunkt, wo bereits Professor Dylane und einige andere Schüler warteten. Ich konnte Lila und Sam an einer Säule erkennen, die scheinbar einen anderen Weg genommen hatten und schlich mich zu ihnen, während ich Dalex zulächelte und er zu Hope und Faith verschwand, die in der entgegengesetzten Richtung miteinander tratschten.

Lila warf mir einen misstrauischen Blick zu, scheinbar war sie nicht erfreut, dass ich mich mit einem Dämon anfreundete. Nun ja, es war ja nicht ihr Problem. Und ich hielt es trotz aller Bedenken für eine gute Idee.

Ich spürte, wie ein eisiger Wind sich durch die Gänge zog und Professor Dylane aus einer

Schneewolke trat, die sich vor uns aufgebaut hatte. Sie trug ein dunkelblaues Kleid aus Samt und einen dazu passenden Umhang. In der rechten Hand trug sie einen Korb mit einigen Fackeln.

»Guten Morgen zusammen! Zuerst möchte ich euch noch einmal an unserer Schule willkommen heißen. Wir werden nun eine kurze Führung über das Schulgelände machen. Am Schulrand werde ich euch dann an Alec übergeben, der mit euch einige Vorstellungsspiele machen und euch diese Woche betreuen wird. Starten wir jedoch hier, auf Ebene Null«, begann sie und verteilte einige Fackeln, die, sobald sie in den Händen der Träger waren, begonnen, farbig zu brennen. Dalex trug eine, deren Flamme gefährlich rot leuchtete, während die von Jan in einem hellen Grün erstrahlte. Als Jan seine an Jamie weiterreichte, färbte sie sich augenblicklich orange. Wie konnte eine Fackel so einfach die Farbe wechseln?

Professor Dylane bemerkte die fragenden Blicke und lächelte.

»Eine magische Fackel erkennt Gesinnungen, Stimmung und sogar Prägungen. Diese werden von Helligkeit und durch die Charakterfarbe dargestellt«, erklärte sie und streckte mir eine Fackel entgegen. Zitternd ergriff ich sie und spürte eine Art magische Spannung, die mich umgab. Sobald meine Finger das Holz berührten, färbte sich das Licht der Fackel violett.

»Wir könnten es nun deuten, aber ich denke, dieses Thema gehen wir in Soziologie an. Hältst du die Fackel gerade, Snow? Folgt mir dann bitte. Wir haben leider nicht viel Zeit.«

Sie führte uns die dunklen Korridore entlang, an denen hin und wieder verschiedene Wappen und Ritterrüstungen standen und ich sah mich interessiert um. Es war nicht mein erstes Schloss, das ich besuchte, aber es war so ziemlich das Erste, das ich freiwillig wahrnahm. Ansonsten war ich meist Führungen mit Schulklassen und einem langweiligen, monotonen Führer ausgesetzt gewesen.

»Auf dieser Ebene findet ihr links die Klassenräume für magische Fächer wie Zaubertränke, einfache Alltagszauber und später auch magische Duelle. Rechts ist der große Lesesaal und geradeaus findet ihr in die Mensa.« Sie stoppte und sah in die Runde, dann fuhr sie fort. »Ein Stockwerk über uns findet ihr die Schlafzimmer der Lehrer und den Krankensaal. Den Kerker im Untergeschoss erwähne ich vorsichtshalber, jedoch mit der Warnung, ihn nicht zu betreten. Es liegt ein Fluch auf ihm und es könnte sehr schmerzhaft für euch werden. Meidet ihn auf alle Fälle. Folgt mir nun nach draußen«, erklärte sie und ich warf ein Grinsen zu Jan, der scheinbar genauso neugierig war wie ich. Unauffällig schlich ich mich an seine Seite.

»Es würde mich unheimlich reizen, aber auf einen Folterfluch kann ich verzichten«, flüsterte Jan seinen Standpunkt zu dem Vorschlag und ich nickte. Dennoch war der Drang des Verbotenen unheimlich groß.

»Lust, ein paar Schulregeln zu brechen, hätte ich auch«, warf ich ein und er grinste teuflisch. Scheinbar war ich damit nicht der Einzige.

Professor Dylane führte uns nach draußen. Das Schulgelände lag im Licht der altmodischen Straßenlaternen vor uns und wurde zusätzlich von den Fackeln erhellt. Sie führte uns zur Mehrzweckhalle, die unter anderem den Reitstall und das Schwimmbad beherbergte. Ein gigantischer Komplex, der dem des Schlosses kaum nachstand.

»Hier drin finden Fechten, Standardtänze und Reiten statt. Die Schwimmhalle kann jederzeit besucht werden, die Reithalle nur in Aufsicht eines Lehrkörpers. Hinter der Halle, dort, wo nun der See liegt, gab es vor langer Zeit einmal eine Art Tempel für Totenbeschwörer und dunkle Magier. Leider ist die Ruine versunken und wurde nie wieder gefunden. Durch den Krieg hat sich wohl einiges verschoben und den Eingang versperrt. Auf dem Schulgelände selbst gibt es ebenfalls einige kleine Ruinen, die nicht betreten werden dürfen«, verkündete sie, während sie weiterging. Wir erreichten den Rand, nachdem wir durch den Wald gekommen waren, der zu unseren Clanhäusern führte. Erst jetzt bemerkte ich die Buchstaben, die den Weg wiesen. Am verhängnisvollen Brunnen lehnte ein dunkelhaariger Mann mit schokobraunen Augen. Er trug eine Lederjacke, eine aufgerissene Jeans und grinste breit.

»Hey, ich bin Alec und ihr seid die Neuen. Freut mich. Wir werden diese Woche viel zusammen zu tun haben. Beginnen wir heute mit den teambildenden Spielen, die sich über die ganze Woche hindurch ziehen werden. Professor«, er verneigte sich vor Professor Dylane, »wenn Sie gestatten, übernehme ich nun.«

Dylane nickte, dann schnippte sie und verschwand im Schnee. Ich warf einen letzten Blick auf Alec und schüttelte den Kopf.

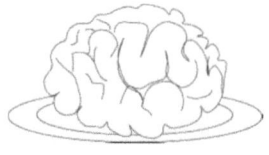

Kapitel 8

Alec war ein merkwürdiger Lehrertyp. Er war nicht sonderlich streng und irgendwie hatte ich das Gefühl, bei ihm basierte alles auf dieser Kumpeleinstellung. Er führte uns zu einem abgeknickten Baumstumpf, auf den wir klettern und uns anschließend nach Vor-, Nachnamen, Geburtsdatum oder Rasse gliedern sollten. Ohne herunterzufallen, da sonst alles wieder bei null begann. Gar nicht so einfach, aber unheimlich unterhaltsam. Letztendlich übermannte uns jedoch alle die Müdigkeit, als er den heutigen »Unterricht«, für beendet erklärte. Dennoch schaffte ich sogar, mir einige Namen aus anderen Clans einzuprägen und hin und wieder wechselte ich einige Worte mit Jamie und Felix, die mich auch am Dienstagmorgen zusammen mit Sam aus dem Bett warfen.

Der Gestaltenwandler hatte definitiv etwas mit dem Werwolf am Laufen, stellte ich spätestens beim Frühstück fest, als Jamies Hand besonders lange und auffällig auf dem Oberschenkel von Felix verweilte. Jan grinste wissend in meine Richtung und ich verdrehte die Augen, was ihn zum Lachen brachte. Es war ein Wunder,

dass ihm der Kaffee noch nicht zur Nase heraus-kam. Dann leerte auch ich meinen Kaffee und grinste zu Dalex, der mir am Tisch von Hope und Faith zuzwinkerte. Ein leichtes Lächeln huschte über meine Lippen, dass von einem Schlag auf meine Schulter jäh zurückbeordert wurde.

»Starr' ihn doch nicht immer so auffällig an, Mensch«, moserte Jan grinsend und stand auf um mich an der Hand nach draußen zu führen, was mir einen düsteren Blick von Dalex ein-brachte.

»Was soll das?«, fragte ich Jan und zog meine Hand aus seiner, um ihn wütend anzufunkeln.

Er grinste jedoch und ich seufze tief.

»Der Dämon steht auf dich. Ich halte es nicht für eine so gute Idee, aber vielleicht ist er ja eifer-süchtig oder er lässt dich fallen. Eine Win-Win-Situation so gesehen. Zwar nicht für dich, aber hey.« Er zwinkerte mir zu, dann ging er voraus zum Hochseilgarten. Flirtete er gerade mit mir? Oder machte er sich einen Scherz daraus? Grim-mig dreinschauend folgte ich ihm. Musste ich diesen Halbgott verstehen? Und warum hatte jeder etwas dagegen, wenn ich mit Dalex abhing? Alec hingegen erwartete uns breit grinsend mit Klettergeschirren in verschiedenen Kisten.

»Morgen Jungs, bereit?«, fragte er und erhielt ein beinahe synchrones Nicken aus unserer Richtung.

Er warf uns die Gürtel des Geschirrs zu und als ich mich umdrehte, blickte ich direkt in die dunkelroten Augen von Dalex, der mich abschätzend ansah. Ich lächelte verlegen und kratzte mich am Nacken, doch Dalex seufzte leise und schüttelte den Kopf.

»Wir werden heute in den Hochseilgarten gehen. Immer in Zweierteams«, erklärte Alec und ich sah mich um. Jan deutete mir mit viel Handgefuchtel an, dass er gerne mein Teampartner sein wollte, doch Dalex bewegte sich bereits langsam auf mich zu.

»Partner?«, fragte er mich und ich grinste.

»Partner.«

Halten, führen, klettern. Atmen nicht vergessen. So ging mein neustes Mantra. Verdammt, warum musste es auch ein Hochseilgarten sein? Ich stand nicht sonderlich darauf, in der Höhe herumzuklettern. Dalex hielt mich zwar, aber ich war durchaus erleichtert am Boden anzukommen. Grinsend legte er seinen Arm um mich.

»Du lebst ja noch«, spaßte er und ich warf ihm einen gespielt finsteren Blick zu. Musste er mich jetzt auch noch aufziehen? Reichte es nicht, wenn einer diesen Job übernahm und dieser jemand Jan hieß?

Wir warteten geduldig, bis Alec die Stunde beendete und wir uns vereinzelt in Richtung Clanhaus bewegten. Ich pfiff nach Sam, der grinsend auf mich zu gerannt kam. Ihm hätte das sicher gefallen, aber als Zombie blieb ihm der Klettergarten verwehrt. Zu riskant wäre ein solcher Versuch für ihn. Diese Tatsache schien ihn jedoch nicht zu betrüben, scheinbar war es viel cooler, mit Lila Stöckchenholen zu spielen. Irgendwie war es ja ganz angenehm zu wissen, dass Lila auf ihn aufpasste und Sam scheinbar nichts dagegen hatte.

»Und was ist dein erster Eindruck bisher?«, fragte Dalex mich und ich grinste zufrieden vor mich hin. Irgendwie fühlte ich mich wohl.

Es war am Abend nach dem Abendessen, als wir uns alle im Wohnzimmer versammelt hatten und Jan die Bombe platzen ließ.

»Wir haben morgen frei. Ich will auf Ruinensuche gehen. Meine Recherchen haben ergeben, dass dieser verschollene Tempel einen Eingang hinter der Halle hat. Leider öffnet er sich nur, wenn ein Priester in der Nähe ist. Glücklicherweise haben wir ja einen«, erklärte er grinsend und alle Blicke wanderten zu mir und ich blickte mich verwirrt um. »Was?«, fragte ich und Jamie grinste.

»Na, Drachenbeschwörer. Freu dich auf deinen neuen Job.« Ich seufzte. Wann würde er verstehen, dass ich Toten beschwor und keine Drachen? Dennoch: Totenpriester. So ein Unsinn. Wie zur Hölle sollte ich diese Ruine finden, die meine Großmutter zwar entdeckt, aber nie betreten hatte? Außerdem: Woher wusste Jan schon wieder, dass wir freihatten? Nun gut, ein Halbgott war allwissend, aber es interessierte mich dennoch, warum. Leider würde ich meine Antwort erst am Morgen bekommen. Was mich jedoch kaum störte, denn Jan war definitiv der beste Wecker, den ich haben konnte.

»Snow! Aufstehen, du hast heute lange genug geschlafen. Heute ist dein großer Tag«, verkündete Jan in seiner morgendlichen, monströs guten Laune. Warum in aller Namen sollte heute mein großer Tag sein? Und woher kam dieser verdammt verführerische Geruch von Kaffee?

Sam war zumindest schon wach, denn er saß auf seinem Bett und sah mich mit schiefgelegtem Kopf an. Ganz nach dem Motto – warum zur Hölle schläfst du noch, es ist doch ein wundervoller Morgen, komm, spiel mit mir. Ich schüttelte den Kopf. Irgendwie erschien es mir so, als wäre ich der einzige Langschläfer. Ich warf einen Blick auf mein Handy. Es war bereits nach siebzehn Uhr. Normalerweise weckte Jan mich eine halbe Stunde bis Stunde früher.

Dann fiel mir ein, dass er davon geredet hatte, dass die Schule ausfallen würde. Hatte er womöglich recht?

»Kommst du jetzt bald?«, vernahm ich ihn und streckte mich ein letztes Mal ausgiebig, ehe ich Sam mit einer Kopfbewegung deutlich machte, dass er die Tür öffnen konnte. Derweil schnappte ich mir meine Klamotten und verschwand ins Badezimmer. Dem Menschenrudel wollte ich erst über den Weg laufen, wenn ich mich auch wirklich sauber genug für ihre Späße fühlte.

Kaum hatte ich frisch geduscht mein Zimmer betreten, saß Jan auf meinem Bett, eine dampfende Kaffeetasse in der Hand, eine andere auf meinem Nachttisch, während er Sam Raffaellokugeln zuwarf, der sie mit dem Mund auffing.

Jamie hatte sich zusammen mit Felix gegen die Tür gelehnt und auf Sams Bett fand ich Dalex vor, der mich angrinste.

»Du tropfst«, merkte Jan breit grinsend an und ich wischte mir hastig den verirrten Wassertropfen von der Stirn.

»Was macht ihr alle hier? Und ist der Kaffee für mich?«, fragte ich in die Runde und Jamie reichte mir die Tasse.

»Jan hat irgendwelche Sensoren im Arsch. Während du gepennt hast, ist eine Fledermaus samt Brief reingeflattert. In dem Brief stand, dass wegen eines Regelverstoßes der Unterricht für die Eingangsklassen heute entfällt. Er hat in der Zwischenzeit in Erfahrung gebracht, dass wohl eine Fee einen Dämon im Keller foltern wollte.« Unweigerlich wanderte meine Blick zu Dalex, der zu seiner Verteidigung sogleich die Hände hob.

»Ich und Lila waren es nicht, also schau mich nicht so an. Und wenn, würde ich sie foltern und nicht sie mich.« Ein amüsiertes Lachen ging durch unsere Männerrunde und er zwinkerte mir zu. Dann wandte ich mich an Jan.

»Und was ist dann der Plan für heute?«

»Wir warten auf die Weiber. Dann wollte Jan doch unbedingt diese Ruine suchen. Ich finde, die Idee hat was von Schatzsuche und die Suche nach dem versunkenen Atlantis. Hope und Faith haben anfangs etwas gemurrt, aber wenn die beiden ehrlich sind, tut ihnen so was auch gut. Immerhin sind Vampire doch von Natur aus neugierig, oder?« Erneutes Lachen und ich nippte zufrieden an meinem Kaffee. Ich mochte diese

Leute einfach.

Kaum eine Stunde später folgten wir Jan, der eine alte Karte in den Händen hielt und damit wild herumfuchtelte.

»Verdammt, hier muss es sein«, schimpfte er und drehte sich einige Male im Kreis. Scheinbar hatte er doch nicht den vollen Durchblick, wie er es immer behauptete. Mit einem amüsierten Blick beobachtete ich ihn.

»Verdammte Scheiße.« Er sprang einmal. Kurz darauf krachte die Erde unter ihm und Jan versank im Erdboden.

»Jan!« Verdammt, wo war er hin? Ich rannte zu der Stelle, an der er verschwunden war, und blickte in den kleinen Erdtunnel.

»Ist alles okay?«, fragte ich und Jan stand auf.

»Hey, ich hab hier einen Tunnel gefunden. Da vorn ist eine Tür! Ich glaube, ich habe den Eingang gefunden«, verkündete er und ich stieß erleichtert die Luft aus.

»Snow, komm mal runter!« Sofort setzte mein Herz aus. Ähm, da runter? Allein?

»Keine Sorge, es passiert dir nichts«, hauchte Dalex und stieß mich sanft nach vorn. Na ja, so sanft, dass ich die Steige hinab, direkt in Jans Arme glitt. Ein düsterer Blick von Dalex, dann folgte er uns, elegant wie immer, nach unten.

Wanda stieß erstaunlicherweise als Nächstes zu uns. Den Zauberstab gezückt, dessen Spitze hell leuchtete. Jan zog ebenfalls grinsend seinen Zauberstab und tippte mir auf die Schulter.

»Angeberin. Ich kann das auch. Schau«, er räusperte sich, dann machte er eine elegante Handbewegung und sprach laut: »Lumos Maximus.«
Nichts geschah.

»Lumos. Lumos Maximus.« Erneut schwenkte er seinen Zauberstab, doch wieder geschah nichts. Wanda sah ihn mit hochgezogener Augenbraue an.

»Was zur Hölle soll das werden?«, fragte sie und Jan legte verwirrt den Kopf schief.

»Ich versuche, Licht zu machen.«

»Mit dem Zauberspruch?«

Er nickte, dann begann er zu schmollen.

»In Harry Potter hat es doch auch geklappt«, entgegnete er und sie seufzte.

»Idiot. Harry Potter ist Fiktion. Schau zu und lerne.« Sie erhob ihren Zauberstab und hauchte ein »Lux« in seine Richtung, ehe das Licht wieder zu leuchten begann.

Dann drehte sie sich lachend zu mir um.

»Lumos Maximus. Dass ich nicht lache! Und so was nennt sich Halbgott.«

Jan warf ihr einen düsteren Blick zu.

»Zicke.« Dann trat er vor die Türe und schlug dagegen. Sie war alt, massiv und bewegte sich keinen Zentimeter. Vorsichtig trat ich neben ihn und berührte die große aus Sandstein gefertigte Tür. Sie bewegte sich nicht.

»Sie geht nicht auf«, stellte Jan fest und drehte sich um. Doch ich wollte nicht aufgeben. Unter meiner Handfläche kribbelte es.

»Bitte lass mich rein. Bitte«, flüsterte ich und strich über den Stein. Und tatsächlich öffnete sich die Tür langsam.

»Wow«, kam es von Jan und ich trat in die Hallen der versunkenen Ruine.

Ich hatte eine Art Kirche erwartet, doch ich fand nirgendwo irgendwelche Kirchenbänke. In den Ecken standen Statuen und Schriftzeichen, die ich nicht kannte. Und dennoch hatte dieser Ort eine unheimliche Verbundenheit zu den unbekannten Göttern, die ich spürte.

Mir war kalt und ich glaubte, für einen Moment etwas Flüstern zu hören. Unheimlich.

»Irgendwie ist es hier beängstigend, findest du nicht?"«, fragte Wanda Lila, die neben ihr stand und ängstlich nickte. Der Blick meiner Clanmitglieder wanderte ein letztes Mal durch den Raum, dann suchten sie den Weg in die Freiheit. Einzig Dalex, Sam und Jan blieben an meiner Seite. Neugierig sah ich mich um. Doch zugleich fühlte ich mich unwohl, obwohl es war, als müsste ich hier sein. Ich strich über die Schriftzeichen an den Wänden, aber ich konnte sie nicht entziffern. Als ich sie jedoch berührte, fühlte es sich an, als würde der Stein lebendig werden. Was für Rituale hier wohl einst abgehalten wurden? Ob dieser Ort wohl eine besondere Auswirkung haben konnte? Ich wollte es erfahren, doch nicht heute. Ich würde sie alleine aufsuchen müssen und vielleicht würde mir Professor Dylane etwas dazu erklären.

»Bist du so weit?«, fragte Jan und ich warf einen letzten Blick durch den Raum, dann drehte ich mich um und folgte ihnen nach draußen.

Am Donnerstag war ich nicht wirklich bei mir. Das lag zum einen daran, dass ich schlecht geschlafen hatte, zum anderen ließ mich der Ruinenfund kaum los. Irgendetwas verband ich mit diesem Ort und dennoch wollte ich ihn meiden. Die Schnitzeljagd mit den anderen Clans war zwar für ein paar Stunden eine nette Ablenkung, doch sie löste mein Problem nicht. Mal davon abgesehen fühlte ich mich wie in der Grundschule. Konnte man sich nicht etwas Kreativeres einfallen lassen als eine Schnitzeljagd?

»Hey, wir treffen uns nachher im Garten. Nur wir vom Clan. Grillabend«, verkündete Jamie und band sich gerade eine Schürze um, als ich mich an der Küche vorbei in mein Zimmer schleichen wollte.

»Grillparty? Muss man was mitbringen?«, fragte ich perplex und er schüttelte den Kopf.

»Die Vampirschwestern besorgen den Alkohol.«

»Okay«, erwiderte ich, zum einen, weil ich nicht wusste, was ich wirklich dazu sagen sollte, zum anderen, weil es wirklich *okay* war, mit diesen Leuten eine Party zu feiern. Konnte ja vielleicht ganz lustig werden.

Als ich kurz darauf den Garten betrat, hatte vermutlich Wanda eine Lichterkette und einige Strandkörbe hergezaubert, die dem Ganzen eine gemütliche Atmosphäre gaben. Jan hatte sich in einem der Strandkörbe breitgemacht und grinste mich einladend an. Ich trat auf ihn zu und er rutschte zur Seite, ehe ich mich neben ihn sinken ließ.

»Wessen Idee war das Ganze hier? Deine?«, fragte ich und er hob abwehrend die Hände. Doch das Grinsen auf seinen Lippen verriet ihn.

»Ich bin hier nur Gast«, sagte er und ich schüttelte lachend den Kopf. Was für eine bescheuerte Ausrede. Hope und Faith traten in den Garten und trugen einige Körbe bei sich. Dalex folgte ihnen, mit dem Bierkasten locker unter dem Arm.

»Wohin damit?«, fragte er Wanda, die nach rechts in die Ecke deutete. Er nickte, dann verschwand er aus meinem Sichtfeld. Sam kam gerade ebenfalls aus dem Haus getrabt, genau auf mich zu. Und bevor ich mich erheben konnte, saß er auf meinem Schoß und schleckte mich ab. Jan lachte. Klar, er hatte ja auch keinen Zombie auf dem Schoß.

Nach und nach trudelten auch die restlichen Clanmitglieder ein, während Felix und Jamie gemeinsam am Grill standen und das Grillgut in den Flammen rösteten.

»Ich bin dafür, dass wir etwas spielen«, warf Jan in die Runde und sofort hellten sich die Blicke der Übriggebliebenen auf. Nur ich sah ihn skeptisch an. Von Spielen hatte ich nach dieser Woche eigentlich schon fast genug.

»Kennt jeder, würdest du lieber?«, fragte er in die Runde und nun hellte sich letztendlich auch mein Gesicht auf. Wenigstens vernünftige Spiele konnte er vorschlagen.

Ein beinahe einstimmiges Nicken ging durch die Runde und Jan lehnte sich teuflisch grinsend zurück.

Dann legte er eine Flasche in die Mitte und drehte sie. Sie zeigte auf Jamie.

»Würdest du lieber Felix abknutschen oder einen Doppelten Kurzen exen?« Alle Blicke waren auf Jamie gerichtet, der kommentarlos zu Felix rutschte und kurzerhand seinen Freund küsste.

Na ja, küssen war in dem Fall untertrieben. Seine Hand wanderte unter sein Shirt und für einen kurzen Moment schien es, als wären sie in ihrer eigenen Welt gefangen.

Jan lachte begeistert. »Wow, ich hätte gedacht, du trinkst einen.«

»Ich vertrage doch keinen Alkohol«, nuschelte Jamie, blieb aber neben Felix sitzen und drehe die Flasche, die nun auf Hope zeigte.

Ich hatte noch nie so viel gelacht wie an diesem Abend. Bis auf einen Kuss auf Jans Wange war ich mit peinlichen Aufgaben verschont geblieben. Ein Glück. Ich war kein Fan davon mir in der Öffentlichkeit die Blöße zu geben. Aber dennoch war dieser Abend der erste Moment, an dem ich meinen Clan wirklich respektierte und sie als meine Familie ansah.

Der Freitag war ein ruhiger Ausklang mit allen Clans. Es gab etwas zu essen und es lief Musik. Ich entdeckte eine rothaarige Hexe aus dem Clan A und schenkte ihr ein charmantes Lächeln. Grinsend kam sie auf mich zu, ihre Rattenschwänze wippten im Takt ihrer Bewegungen.

»Hey, du musst Snow sein. Ich bin Flora. Über dich spricht die ganze Schule. Deine Rasse ist so selten«, plapperte sie vergnügt und prostete mir zu. Ich lächelte milde. Entweder fand man mich mega cool oder man wollte mich am liebsten auf den Mond schließen. Flora schien zu der Gattung der »Fans« zu gehören. Zumindest erschien sie mir nicht so zickig, wie Wanda es im ersten Moment gewesen war. Sie war eher der Antifan. »Freust du dich schon auf das Schuljahr? Ich kann es noch gar nicht fassen, hier zu sein.« Sie warf einen Blick in Richtung eines Zauberers, dann grinste sie und drehte sich mit dem Bowleglas in der Hand um. »War nett, mit dir zu plauschen. Vielleicht können wir das wieder tun.« Sie zwinkerte mir keck zu, dann war sie verschwunden. Letztendlich blieb der Abend langweilig. Die Lehrer stellten sich und ihre Wahlfächer oder auch Clubs genannt vor und wir waren froh, als der Morgen graute und wir uns langsam in Richtung Bett begeben konnten. Mehr als froh.

Sam grinste mich an, als ich das Notizbuch zuschlug und mich hinlegte.

»Willst du nicht schlafen?«, fragte ich ihn und er schüttelte den Kopf.

Seufzend setzte ich mich wieder auf.

»Wieso nicht?« Okay, es war doof, zu fragen wieso. Er würde ohnehin nicht antworten. Stattdessen ging er an eins unserer Bücherregale und zog einen Manga heraus. Ich grinste dämlich, als ich ihm *Elfenlied* abnahm und auf mein Bett tippte. Ob es Zufall war, dass er ausgerechnet *Elfen-*

lied lesen wollte? Immerhin verband ich damit viele gemeinsame Abende, an denen wir den Anime gesehen hatten.

»Soll ich vorlesen?«, fragte ich und er nickte. Dann bettete er seinen Kopf auf meinem Schoss und ich begann zu lesen.

Irgendwann musste Sam eingeschlafen sein, denn er schnarchte leise vor sich hin.

Lächelnd strich ich über seinen Kopf.

Zombies waren definitiv seltsam. Ich versuchte, mich von ihm zu befreien, ohne dass er aufwachte, dann wanderte ich in sein Bett hinüber. Hoffentlich wurde das kein Dauerzustand.

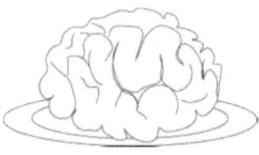 **Kapitel 9**

Wochenenden hatten ein grundsätzliches Problem. Sie waren viel zu kurz. Genau deshalb stand der Montag schneller vor der Tür, als ich gucken konnte. Nachdem Jan mich erneut geweckt und ich das Frühstück in der Mesa trotzdem verpasst hatte, machte ich mich mit knurrendem Magen auf den Weg in die Soziologiestunde. Hoffentlich hatte Jan meine Nachricht gelesen und mir noch was zum Futtern mitgebracht.

Ich betrat das Klassenzimmer. Dunkle Steinmauern und dunkle Bänke durchzogen das Zimmer und die Tische sahen ziemlich alt aus. Ob sie wohl unter der Last eines Schulbuches zusammensacken würden? Ich hoffte nicht. In einer Ecke stand ein hässlicher Gummibaum und das einzig Moderne schienen das Activeboard und die Whiteboard-Tafel vorne zu sein.

Dalex, Sam – der es immerhin zum Frühstück geschafft hatte, er war wohl mit Lila hergekommen – und Lila saßen bereits an ihren Tischen. Lila schien einige Notizen auf ihren Block zu schreiben. Grinsend ließ ich mich neben ihr nieder.

»Hey«, begrüßte sie mich und schaute misstrauisch zwischen Dalex und mir hin und her, der hinter mir saß und mich anlächelte. Er mochte Lila scheinbar wirklich nicht. Nun gut, das war immerhin eine Sache, in der sie sich einig waren.

Ich nahm mir vor, das Ganze irgendwann zu ändern. Vielleicht würde ich sie dazu bringen, dass sie miteinander sprachen. Irgendwie musste es doch klappen. Gerade, als ich den Mund öffnen wollte, um meinen Plan zu verkünden, kamen Hope und Faith herein, um sich links und rechts von Dalex und somit eine Reihe hinter mir niederzulassen.

Ich sah alarmiert zu Sam und griff nach meinem Block. Er grinste mich jedoch aufmunternd an und ich kraulte ihm vorsichtig den Nacken, was ihn zufrieden röcheln ließ. Irgendwie war das beruhigend. Mein Blick wanderte zu den Schwestern, die mir einen bösen Blick zuwarfen, und ich steckte es mir als Ziel für diese Woche, sie endlich auf die Sache mit dem Brunnen anzusprechen, als ein eisiger Wind den Klassenraum erfüllte und Professor Dylane durch den Gang zum Lehrerpult schritt.

Sie trug ein dunkelblaues Kleid mit Silberstickereien und ihr Haar hing offen an ihr herunter. Sie sah verdammt gut aus.

»Guten Abend, meine Damen, meine Herren. Ich darf euch heute recht herzlich zu unserer ersten gemeinsamen Stunde Soziologie begrüßen. Wir werden uns nach und nach mit der magischen Gesellschaft beschäftigen. Vor allem mit den verschiedenen Rassen und ihren gesellschaftlichen Standards. Bitte schlagt als Erstes im Buch die Seite Zehn auf. Die erste Rasse, mit der wir uns heute beschäftigen werden, ist der Zombie. Es freut mich, dass wir das erste Mal seit über fünfzig Jahren wieder einen Zombie an der Schule haben.« Sie zwinkerte unauffällig in unsere Richtung, dann öffnete ich das Buch und überflog den Text.

Ein Zombie wurde entweder durch einen anderen Zombie verflucht (was ich in Sachen Sam sofort ausschloss, denn wer sollte ihn schon verflucht haben), durch einen Trank (der laut Buch viel zu schwer für einen einfachen Zauberer war) oder er trägt den Zombievirus schon immer in sich.

Wenn ich ehrlich war, fand ich keine der drei Thesen sonderlich zutreffend für Sams Verwandlung, zumal ich mir bei Option Zwei nicht einmal sicher sein konnte, wer überhaupt ein Motiv hatte, einen gewöhnlichen Siebzehnjährigen zu einem Zombie zu verwandeln. Aber sie war die einzige Möglichkeit, die überblieb. Die anderen konnten zwar auch im Bereich des Möglichen liegen, doch ich bezweifelte es ehrlich gesagt. Ich kannte jetzt also die Methode, hatte aber noch keine Lösung für das Problem. Den Rest des Artikels brauchte ich nicht lesen, da er mir sowieso bekannt war. Ein Zombie brauchte Gehirne. Dies wusste ich spätestens nach der Kutschfahrt. Wurden ihm diese verwehrt, würde er irgendwann durchdrehen, was mir irgendwie logisch vorkam. Schließlich wollte man als Mensch ja auch nicht verhungern. Ein Zombie war ein untotes Geschöpf, dessen Körper verfallen würde, wenn er falsch behandelt wurde, sei es zum Beispiel durch falsche Ernährung. Zusammengefasst war Sam also eine ziemlich gefährdete Rasse, die man leider nicht unter Artenschutz stellen konnte, wie man es mit gefährdeten Tierarten tat, die aber unheimlich gerne im Krieg als Vorhut eingesetzt wurde (vermutlich um die Verluste so klein wie möglich zu halten) und hatte eine absolut loyale Seite, die gerne ausgenutzt wurde.

Und Professor Dylane schien mir in gewissem Maße dabei recht zu geben, dass er gefährdet war, denn sie schien das Thema Bedacht ausgewählt zu haben, als würde sie mich damit auf etwas vorbereiten wollen, doch worauf?

Die restliche Zeit in Soziologie wurde dafür genutzt, um sich über den Stand der Zombies in der Gesellschaft zu unterhalten. Wenigstens war sich mein Clan, mit dem der Unterricht wie angekündigt stattfand, einig, dass Sam gesellschaftlich in der unteren Schicht verkehrte und einige waren ebenfalls dafür, dass man dringend etwas daran ändern müsste. Aber wie sollte man schon einen Zombie verändern, der ebenso war, wie er war? Die einzige Lösung war es, diese Wesen, die keineswegs dumm waren. Ihnen fehlte eben die Betreuung nach der Verwandlung um sie besser in die Gesellschaft zu integrieren. Und genau das tat Professor Dylane, als sie ihn an der Schule angenommen hatte.

Jan hob fragend die Hand: »Woher bekommt Sam eigentlich seine Gehirne? Gibt eine Art Organspende-Aktion? Kann man sich da irgendwie eintragen? Ich fände es nämlich cool, wenn es so was gäbe, ansonsten beantrage ich sofort die Gründung einer solchen Institution.« Professor Dylane lachte, sichtlich beeindruckt von seinem Interesse daran. Dann erklärte sie ihm, dass sie die Gehirne tatsächlich von Toten gespendet wurden. Meist jedoch ohne das Wissen der Angehörigen.

Ich suchte zwar noch immer nach einem Weg, um Sam zu helfen, aber vielleicht war eine Rückverwandlung ja gar nicht das, was Sam wirklich brauchte. Vielleicht brauchte er einfach mehr Unterstützung, um für immer ein Zombie zu bleiben. Er schien ja ganz glücklich so zu sein, wie er nun war. Ja, vielleicht war dies ein guter Anhaltspunkt, um etwas zu verändern. Ich beschloss, daran festzuhalten. Professor Dylane beendete den Unterricht und verschwand in ihrem Schneesturm, während ich Lila in die Pause folgte. Sie warf Sam einen Keks zu, den ich skeptisch beäugte.

»Was ist das?«, fragte ich sie und zog eine Augenbraue nach oben.

»Frage besser nicht. Es war widerlich dieses Gehirn zu verkleinern, aber er steht unheimlich drauf. Also wollte ich ihm etwas Gutes tun«, antwortete sie und ich verzog angewidert das Gesicht. Feen waren komische Wesen.

»Snow! Komm schon, ich will einen Kaffee«, rief Jan, und bevor ich etwas sagen konnte, hatte er mich zwischen sich und Wanda geschoben und zog mich zum Kiosk. Seltsame Welt.

Es war wahrlich merkwürdig. So nah ich mich Dalex auch in unserer Freizeit fühlte, desto ferner war er mir während der Unterrichtszeit und den Pausen. Er mied mich und verbachte seine Zeit bei Hope und Faith, die mir tödliche Blicke zuwarfen – ich schätzte, es lag einfach daran, dass ich aus dem Brunnen gekommen und nicht nach ihrem Wunsch entsprechend darin verwest war. Außerdem schien sie nicht sehr begeistert zu sein, dass Dalex mit mir auskam. Woran es lag, konnte ich nicht sagen, aber irgendetwas verband die Drei miteinander und ich konnte leider noch nicht von mir behaupten, dass ich herausgefunden hatte, was es war. Selbst als ich versucht hatte, ihre Gespräche zu belauschen, half es nichts. Es war, als könnten sie jeden meiner Schritte erahnen, bevor ich überhaupt wusste, was ich tun wollte.

»Du starrst ihn schon wieder an«, murmelte Lila als ich mit dem Kaffee in der Hand Dalex beobachtete, und stieß mir mit ihrem Ellenbogen in die Seite, was mich erschrocken nach Luft schnappen ließ. Verdammt, war dieser Kaffee heiß! Konnte sie nicht aufpassen?

Mir war natürlich bewusst, dass mein Blick ständig zu Dalex wanderte, aber was sollte ich auch dagegen tun? Es ging nun einmal nicht anders. Dieser Dämon hatte mich im Griff, was definitiv nicht nur daran lag, dass er verdammt hübsch war. Er war einfach freundlich, zuvorkommend und hatte ein Händchen dafür, mich aus misslichen Lagen zu befreien. Auch wenn es bisher erst einmal vorgekommen war. Sie seufzte tief.

»Wenn ich dir jetzt wieder sage, dass er gefährlich ist, dann wirst du mir nicht glauben, habe ich recht?«, entgegnete sie und ich nickte zustimmend, was sie erneut seufzen ließ.

»Ich hoffe, du weißt, was gut für dich ist.« Mit

diesen Worten machte sie sich auf den Weg zum nächsten Unterricht. Ich warf einen letzten Blick zu Dalex, dann folgte ich ihr zum nächsten Fach. *Einfache Alltagszauber.*

Unser Lehrer in AZ war Professor James Shadow. Seines Zeichens Meister der Magie und ebenfalls Zaubertränkemeister. Ich hatte schon vieles von ihm gehört. Nach dem Tod meines Vaters wurde er als neuer Meister gefeiert und ruhte sich auf den Erfolgen meines Vaters aus. Immerhin war er sein Assistent gewesen. Ein Grund, warum ich ihm von Beginn an misstraute. Schon als Kind hatte ich viele negative Dinge von ihm gehört. Er war ein großer, dunkelhäutiger Mann, mit kurzen, verstrubbelten Haaren und stechend grünen Augen. Professor Shadow war passend zu seiner Erscheinung ein Dämon und verstand sich dementsprechend besonders gut mit Dalex. Zumindest, wenn es um Rivalitäten ging. Sie schienen sich mit ihren Blicken zu erdolchen und Lila flüsterte mir zu, dass Dämonen Einzelgänger waren und sie sich für gewöhnlich nie besonders gut ausstehen konnten. Dieses Fach würde definitiv nicht mein bestes werden. Lila schien mir mit ihrem Blick recht zu geben. Sie mochte Shadow wohl auch nicht besonders gerne.

Unsere erste Doppelstunde Alltagszauber verlief ziemlich theoretisch, erst im letzten Drittel der Stunde ging Professor Shadow ins Praktische über. Er erklärte uns, dass wir unsere Magie finden mussten, und gab uns den ersten Zauberspruch. Einen Lichtzauber. Der Lux. Hierbei ging es darum, aus reiner Konzentration ein Licht zu erschaffen und dieses zu halten. Bis auf Wanda, die als Hexe natürlich einen gigantischen Vorteil gegenüber dem Rest hatte (immerhin lag ihr die Begabung für Zaubersprüche im Blut, während wir alle absolute Anfänger waren), schaffte es eine der Zwillinge durch reinen Zufall ein Licht zu erzeugen und es für wenige Sekunden zu halten, ehe es in ihrer Euphorie wie ein Feuerball durch den Raum flog und die Tafel aus der Fassung riss. Kurz darauf beendete Professor Shadow die Stunde aus Sicherheitsgründen vorzeitig. Jedoch trug er uns auf, die Zauber auf keinen Fall allein weiter zu üben.

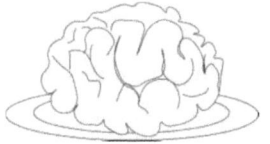
Die letzte Doppelstunde waren *Sprachen* bei Professor Rose. Eine kleine, rosahaarige Hexe, deren Lieblingsfarbe kaum zu übersehen war. In ihrem rosa Kostüm stöckelte sie durch das Klassenzimmer und war gerade dabei, unsere Kenntnisse in Deutsch, Englisch und Latein abzufangen, als Sam neben mir zu husten begann. Nervös warf ich einen Blick neben mich und er beruhigte sich tatsächlich wieder etwas. Jedoch schien nicht nur ich besorgt zu sein, denn Professor Rose's Blick ruhte auf ihm, ehe er zu mir schwankte, als würde sie mir etwas sagen wollen. Doch was? Warum sagte sie es mir nicht? Sie drehte sich um und kümmerte sich stattdessen um eine aufkommende Frage. War es nicht immer genau das, was uns Deutschlehrer stets in ihren Unterrichtsstunden predigten? Dass wir miteinander reden sollten? Scheinbar hielten sich die Lehrer heute, wie auch in meiner früheren schulischen Laufbahn, nicht an ihre eigenen erteilten Ratschläge, was mich schmunzeln ließ.

»Heute werden wir eure Fähigkeiten in Deutsch, Latein und Englisch testen. Beginnen wir mit Latein. Bis zum Ende der Stunde erwarte ich

123

einen Aufsatz über eure Rasse und über das, was ihr euch von der Schule erwartet.« Dann schnippte sie und einige leere Blätter lagen vor uns auf dem Tisch. Grinsend lehnte sie sich zurück und ich versuchte, mein bisschen Latein, dass ich gelernt hatte, aus meinem Gedankenstübchen zu graben. Ich war nicht gerade begeistert von der Sprache, da Latein eben tot war und ich mich mit toten Dingen ohnehin schwerer tat, als man es annehmen konnte. Aber Professor Rose bestand darauf, dass ich meine Kenntnisse auffrischen und danach vertiefen sollte. Immerhin waren etwa siebzig Prozent der Zauberbücher noch auf Latein verfasst. Nicht gerade eine hervorragende Aussicht auf meine magische Weiterbildung, wenn ich ehrlich war, aber ich glaubte inzwischen auch nicht sonderlich daran, dass ich in dieser Schule ein guter Schüler sein würde. Zumal mein Schlafrhythmus sämtliche Gehirnzellen fraß und ich durch diese zeitliche Verschiebung zu einer Gehirnleiche mutierte. Die ständige Müdigkeit war hierbei dann nur ein kleiner, unscheinbarer Aspekt.

Eine Woge der Erleichterung durchfuhr mich, als dann endlich die Schulglocke läutete und ich mich zusammen mit Lila zu unserem Clanhaus aufmachte. Den größten Teil des Weges verbrachten wir schweigend. Lila schien in ihren Gedanken festzuhängen und ich beschloss, ihr nicht dabei in die Quere zu kommen. Vermutlich würde unser Gespräch wieder bei Dalex landen und ich wusste, dass sie genervt davon war, dass ich ausgerechnet einem Dämon hinterherrennen musste. Sam kämpfte hinter uns noch immer mit dem Husten. Ich hoffte, dass er sich bei der Rettungsaktion eine einfache Erkältung eingefangen hatte und es bald wieder besser wurde. Leider machte Lilas Wissen das Ganze nicht gerade viel besser.

»Wusstest du, dass Zombies ein ziemlich bescheidenes Immunsystem haben?«, fragte sie mich und warf einen besorgten Blick zu Sam.

»Natürlich weiß ich das.« *Spätestens nach der letzten Soziologiestunde,* fügte ich in Gedanken hinzu. Doch Lila sah mich nur mit einem finsteren Blick an und verpuffte ganz märchenhaft in einer Wolke, um ihren Weg als kleine Glitzerfee fortzusetzen. Verdammt, was hatte ich jetzt schon wieder falsch gemacht? Warum war sie immer gleich eingeschnappt? Allmählich fragte ich mich wirklich, was diese Frau gegen mich hatte.

Meine Antwort auf die Frage kam kaum zwei Minuten später um die Ecke gebogen und grinste mich vielversprechend an. Dalex.

Eigentlich hätte ich sauer auf ihn sein müssen, hätte ihn wie ein kleines hysterisches Mädchen anschreien sollen und fragen müssen, was zur

Hölle eigentlich falsch mit ihm war, wenn er im Unterricht nicht einmal genügend Eier in der Hose hatte, um mit mir zu reden. Ob er wirklich ein so arrogantes Arschloch und ein Feigling war, wie ich es zu glauben vermochte. Aber ich bekam meinen Mund nicht auf. Ich wollte ihm nicht sagen, wie sehr mich sein Verhalten nervte. Statt ihn anzuschreien, hauchte ich ihm ein kaum merkliches: »Hey«, entgegen und sein Lächeln erstarb, bis seine Gesichtszüge so weich wie Butter waren. Vorsichtig kam er auf mich zu und zog mich in eine Umarmung.

»Hey.« Ein einfaches »Hey.« Kein »Hey, sorry«, oder ein »Hey, ich weiß ich bin ein Idiot«, nicht einmal ein erotisches »Hey, du siehst heiß aus.« Nein, alles, was ich bekam, war ein stinknormales »Hey.« Zum Kotzen. Ich wollte ihm einen Vorwurf machen, doch ich konnte es nicht. In seinen Armen fühlte ich mich seltsam geborgen. Trotzdem versuchte ich, meinen Unmut kundzutun.

»Du ignorierst mich«, murmelte ich und versuchte, wenigstens etwas angepisst zu klingen, aber Dalex schüttelte nur den Kopf.

»Nein, ich versuche nur, eine Lösung zu finden. Vertrau mir einfach, auch wenn du es nicht solltest.« Ich verstand kein Wort, aber wenn ich ehrlich war, war ich auch zu fertig, um ihn danach zu fragen. Alles, wonach sich mein Körper sehn-

te, war mein Bett. Mein Bett, das nur noch wenige Meter von mir entfernt stand.

»Hmh, ich bin müde«, entgegnete ich und Dalex
löste unsere Umarmung vorsichtig, dann drehte
er sich um, als hätten wir nie miteinander gesprochen.

Scheinbar entwickelte sich der Trend, mich darin
zu verunsichern, ob jemand nun sauer auf mich
war oder nicht. Bei ihm war ich mir nicht sicher,
woran ich war, aber zumindest konnte ich sicher
sein, dass er ziemlich enttäuscht von mir war.

Seufzend schlängelte ich mich im Wohnzimmer
an Jan und Wanda vorbei, die gerade eine Debat-
te über den attraktivsten Hintern unseres Clans
führten - ich vernahm nur, dass ich und Dalex
uns den ersten Platz bei den Typen teilten, aber
keiner vom Heißheitsgrad an die Schwestern ran
kam – ein nettes Kompliment, oder? Es war die
einfache Bestätigung: Mein Clan hatte wirklich
nicht mehr alle Tassen im Schrank. Nun ja, ich
sollte nicht von mir auf andere schließen, denn
ich war genau genommen ebenso unnormal.

Als ich mein Zimmer betrat, blickte ich direkt in
zwei grüne Katzenaugen in einem breit grinsen-
den Gesicht. Verdammt, die hatte mir zu meinem
Glück noch gefehlt. Vermutlich war ich jetzt

vollkommen übergeschnappt.

Andererseits wunderte es mich nicht, wenn sie wieder mit mir reden würde. Vorsichtig schloss ich die Tür und lehnte mich dagegen. Ihr Grinsen verschwand nicht und ich versuchte, nicht an die katastrophalen Nachrichten unserer ersten Begegnung zu denken.

»Es ist immer schön, wenn man sich an mich erinnert. Nur wenige Menschen können das und noch viel weniger schaffen es, mich überhaupt zu sehen. Doch du, Auserwählter, du kannst beides. Ist das nicht fabelhaft?«, schnurrte sie vergnügt und ich rieb mir die Augen, als sie leicht verschwamm, doch sofort wieder zurückkehrte. Wie machte sie das nur?

»Frag mich gar nicht erst. Ich werde dir mein Geheimnis nicht erzählen, ich kenne deines ja auch nicht.« Genüsslich streckte sie sich, dann kuschelte sie sich auf meine Decke. Ich sah hilfesuchend zu Sams leerem Bett. Super, immer, wenn ich einen Zombie als Beschützer brauchte, war er mit Lila unterwegs. Dann musste ich mich wohl alleine mit der Katze auseinandersetzen.

»Was willst du hier?«, fragte ich irritiert, doch sie gab sich unbeeindruckt und rekelte sich weiter auf meinem Bett.

»Ich? Ich betreue die Schüler, die mich sehen können. Am liebsten spreche ich mit jemanden, der mir auch antworten kann. Ansonsten ärgere ich die anderen Schüler, ich treibe gerne Scha-bernack mit ihnen«, entgegnete sie grinsend und ich zog eine Augenbraue nach oben. Was sollte das schon wieder heißen?

»Ich habe nicht um deine Gesellschaft gebeten«, knurrte ich und ihr Grinsen wurde breiter.

»Natürlich nicht, das tut keiner«, erwiderte sie und streckte sich, um aufzustehen.

»Doch bald wirst du froh darüber sein.« Dann verblasste sie und ehe ich es begreifen konnte, war sie plötzlich verschwunden. Wo zur Hölle verschwand sie nur immer hin? Der Sache würde ich noch einmal nachgehen, doch nicht jetzt. Zumal es genau in diesem Moment an meiner Tür klopfte und Dalex kurz darauf den Kopf hereinstreckte.

»Ist alles in Ordnung?«, fragte er sichtlich nervös und ich legte den Kopf schief.

»Warum sollte etwas nicht in Ordnung sein?«, entgegnete ich unschuldig und erntete dafür ei-nen düsteren Blick.

»Du hast geredet. Ich dachte, es wäre jemand bei dir und Sam sitzt im Wohnzimmer. Du klangst ziemlich genervt.«

Verdammt, er hatte mich ertappt. Ich biss mir auf die Zunge. War es vernünftig, diese Katze zu erwähnen? Was, wenn er die falschen Schlüsse zog? Irgendetwas hielt mich davon ab, den Vorfall gegenüber Dalex zu erwähnen.

»Ach, ich habe nur mit mir selbst gesprochen. So gegen den Stressabbau und so. Soll jedenfalls gut sein. Sagen die Zeitschriften«, erklärte ich und doch wusste ich genau, dass Dalex förmlich riechen konnte, wie ich log. Ich war schon immer ein miserabler Lügner gewesen. Dalex schüttelte den Kopf und trat ein, um sich prüfend umzusehen. Jedoch fand er nichts, was ihn alarmierte. Er drehte sich zu der noch geöffneten Tür um und gab mir einen Rat, denn ich fortan beherzigen sollte.

»Schau besser, dass deine Toten es nicht zur Gewohnheit werden lassen, hier aufzutauchen. Der Rest ist nicht sonderlich angetan davon, dass du hier Tote versammelst. Sie können es zwar noch nicht zuordnen, weil deine Macht noch nicht ausgeprägt ist, aber …« Er brach ab und drehte sich zu mir um, damit er mir seine Hände auf die Schultern legen konnte. »Pass einfach auf dich auf, Snow. Es gab in den letzten Jahrhunderten wieder mehr Totenbeschwörer, doch die meisten starben bei ihrer ersten Beschwörung. Sei du bitte nicht auch einer davon.« Dann hauchte er mir einen Kuss auf die Stirn und ich spürte die Kälte und die Müdigkeit, die mich hinabzog. Wie Dalex mein Zimmer verließ, bekam ich nur noch flüchtig mit, ich taumelte müde auf mein Bett zu, und noch bevor ich mich bettfertig machen konnte, war ich eingeschlafen.

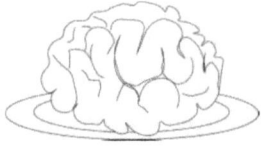

Kapitel 11

Dalex ließ sich beim Frühstück nicht blicken. Auch von Hope und Faith fehlte jede Spur und irgendwie hatte ich das ungute Gefühl, dass die beiden – vielleicht sogar alle drei? – etwas ausheckten. Ich beschloss, Dalex bei Gelegenheit mal zu fragen, wie er eigentlich zu den Vampirschwestern stand. Dies war in meinen Augen zumindest eine berechtigte Frage, wenn er mit meinen Feinden herumhing und ich hatte die Hoffnung, dass ich ihn danach etwas besser verstehen könnte. Sie schienen sich ja immerhin ziemlich vertraut zu sein.

Gerade als ich Lila fragen wollte, ob wir uns in *Geschichte der Magie und Zauberei,* kurz GMZ, zusammensetzten wollten, betrat Dalex den Raum. Er sah ziemlich fertig aus und warf mir ein Lächeln zu, doch es erreichte nicht seine Augen. Wortlos ließ er sich an den Tisch nieder, an dem er immer mit Hope und Faith saß. Genau diese zwei kamen gerade durch die Tür gelaufen, bis ich realisierte das Hopes (?) Hand sehr tief – fast schon zu tief für eine geschwisterliche Geste – auf dem Hintern ihrer Schwester lag.

Jan, der sich neben mir auf den Stuhl fallen ließ, stupste mich an und grinste breit. Er wusste etwas und ich ahnte, dass er sein Wissen sogleich freudig mit mir teilen wollte. Ein Halbgott war schlimmer als jedes Tratschweib einer Schule.

»Ich habe die beiden gestern in ihrem Keller erwischt. Wenn ich gewusst hätte, dass es so heiß sein kann, einen Zwilling zu haben, hätte ich meinen alten Göttervater noch mal drauf angehauen, einen zu machen. Muss doch irgendwie geil sein, sich selbst zu vögeln«, erklärte er grinsend und ich sah ihn mehr als überrascht an. Solche Worte waren aus Jans Mund nichts Besonderes, aber eine verbotene lesbische Beziehung war durchaus etwas, was ich zu meinem Vorteil nutzen konnte, wenn ich denn wollte.

Lila mischte sich mit ernstem Gesichtsausdruck in das Gespräch ein.

»Als ob die beiden wirklich miteinander schlafen würden. Das ist doch nur ein Klischee. Vampire sind vielleicht gar nicht so unersättlich. Sie sind zwar darauf erpicht, dass sie weiterhin als Reinblüter tituliert werden, aber dennoch. Dass ihr Männer nur an das Eine denkt, war mir ohnehin bewusst«, wies sie den Halbgott zurecht und flocht verspielt ihre Haare. Ich seufzte. Prinzipiell war es ohnehin egal. Es machte die beiden Vampirschwestern nur um einiges gefährlicher, aber auch angreifbarer. Sie schienen eine besondere Bindung zu haben. Aber genau dies konnte man sicher auch ausnutzen.

Ich nahm mir vor, mich auf den Unterricht zu konzentrieren, vielleicht war ich ja zumindest in Geschichte der Magie und Zauberei keine Niete und konnte bei Professor Dylane punkten. Nun ja, Frau Professor sah immerhin wieder verdammt gut aus und selbst mit dunkelblauer Lesebrille war sie immer noch eine hübschere Variante von Elsa aus Disneys *Die Eiskönigin* – wenn auch schon etwas älter. Egal, ich schweifte schon wieder ab. Unser heutiges Thema war die Entdeckung der Magie und somit der Beginn des magischen Zeitalters.

»Guten Morgen, meine Lieben! Wer von euch kann mir folgende Frage zum Einstieg unseres neuen Themas beantworten? Wann wurde die Magie entdeckt?« Sie blickte sich um und sah zu Jan, der die Hand nach oben streckte und breit grinste. Ein Halbgott war allwissend. Gegen sein Wissen anzukommen wäre eine nette Herausforderung.

»Ja, Jan?«

»Die Magie wurde im Mittelalter entdeckt. Es begann damit, dass eine Fee versuchte, ihr Kind im Krieg vor einem Mörder zu retten. Die Geschichte besagt, dass sie mit Funken und Flammen den Mann hinfort gejagt hatte, ihr Kind jedoch den Tod in den unkontrollierbaren Flammen fand, da sich von diesem Tag an dunkle Mächte erhoben.« Professor Dylane nickte zufrieden.

»Hervorragend, Jan. Aber ist die Hexe deshalb die älteste aller Rassen? Viele sagen ja, aber du als Halbgott kannst uns versichern, dass die Götter des Olymps sich schon Jahre davor mit Menschen paarten. Es kam zwar selten vor, doch die letzten Jahrhunderte passierte es wieder häufiger.« Jan lachte selbstsicher. Er war immerhin etwas Besonderes, zumindest klang es beinahe so. Wenigstens war ich dann nicht der einzige Außenseiter, auch wenn ein Halbgott sicherlich beliebter war als ein Totenbeschwörer.

Professor Dylane strich sich eine Haarsträhne aus dem Gesicht und fuhr fort.

»Gehen wir jedoch von magischen Wesen aus, die nicht von Göttern abstammen, wessen Existenz kann dann bis zur Entstehung der Erde zurückverfolgt werden?«

Ich warf einen nachdenklichen Blick zu Lila, die bereits den Arm nach oben reckte, um etwas zu sagen, doch eine der Vampirschwestern – ich tippte auf Hope, – war bereits aufgesprungen und trat ihre Meinung unaufgefordert kund. Manieren waren wohl eine Seltenheit unter Vampiren.

»Unsere natürlich. Unsere Vorfahren – einige leben sogar noch! – gehen bis dorthin zurück. Wir haben ja sogar das Wasser überlebt, als es vierzig Tage geregnet hat, weil sich unsere Rasse intelligenterweise in einer Höhle auf einem Berg versteckt hatte und dort das Unwetter überdauerte. Wir sind einfach die Besten!«, erklärte sie und wirkte sichtlich stolz darauf, ein Vampir zu sein.

Ich warf ihr angewidert einen Blick zu. Wie konnte man sich nur so dafür begeistern, einen Menschen wegen seines Blutes zu töten?

»Nicht ganz, meine Liebe. Aber danke für deinen interessanten Einwand. Ich wollte jedoch auf die Totenbeschwörer hinaus. Früher nannte man sie auch Schamanen. Sie sind eine ganz fabelhafte Rasse, meiner Meinung nach. Sie zerstören, können aber auch das Leben lenken. Sie gehen bis ins Zeitalter der Götter zurück. Früher wurden Totenbeschwörer als weise Zauberer angesehen, bei denen sich ganze Städte Ratschläge einholten. Heute werden sie jedoch gehasst. Weshalb das so ist, werden wir bald in Soziologie behandeln. Wichtig ist nur zu wissen, dass ohne sie die Pestepidemie viel großer ausgefallen wäre und es nur noch von Geistern wimmeln würde. Wobei wir schon beim nächsten Punkt sind. Welche bedeutenden Rassen gingen aus der Pestepidemie im Mittelalter hervor?«, fragte sie und ich sah sie beunruhigt an. Was wollte sie mir damit sagen? Dass ich zu den Freaks gehörte oder dass ich wirklich die Macht hatte, etwas zu bewegen? Konnte ich vielleicht wirklich Tote in ein anderes Reich geleiten oder sie zurückholen?

Gedankenverloren murmelte ich die gewünschte Antwort auf Professors Dylane's Frage und wurde prompt aufgerufen.

»Die Werwölfe und Gestaltenwandler«, wiederholte ich. »Sie haben zwar nicht direkt etwas miteinander zu tun, doch der Auslöser für die Verwandlung beider Rassen war dasselbe Gen, welches erst durch den Pestvirus aktiviert wurde und durch verschiedene Einflüsse kontrolliert werden kann.

Gestaltenwandler können dies meist über ihre aktuelle Gefühlslage kontrollieren. Bei Werwölfen ist der Aktivator für diese Genexpression das Vollmondlicht.« Dalex hinter mir pfiff anerkennend, scheinbar baff von meinem ungeahnten Wissen. Hope hingegen meldete sich sofort zu Wort und ich seufzte innerlich. Konnte sie das Gesagte nicht einfach so stehen lassen?

»Aber Professor! Ist das für die Betroffenen dann nicht total schmerzhaft? Ich meine die Verwandlung. Die geht ja im Regelfall verdammt schnell!« Professor Dylane lächelte breit und schob ihre Brille nach vorn.

»Hope, nehmen wir einmal den weiblichen Körper als Beispiel. Erinnerst du dich an das Gefühl,
bevor du eine Monatsblutung hattest?« Ich verzog angewidert das Gesicht. Was sollte das jetzt
werden? Hope schien ebenfalls nicht begeistert
von dem Gedanken zu sein, denn ihr Gesichtsausdruck musste meinem ziemlich ähneln. Auch
wenn ich – wie ich vermutete – einen anderen
Grund hatte.

»Man hat die Tage davor schon so ein widerli-
ches Gefühl«, erklärte sie und Professor Dylane
nickte. »Genau. Werwölfen geht es genauso. Ihre
Gefühlszustände sind vom Mond abhängig. Tage
vor dem Vollmond fühlen sie sich vollkommen
ausgelaugt und spüren Schmerzen. Ähnlich wie
eine Frau vor ihrer Blutung. Bei Gestaltenwandlern sind Gefühle schuld. Nehmen wir an, es
wird ein Schwung an euphorischen Hormonen
ausgelöst, so könnte sich ein Gestaltenwandler
vor unseren Augen verwandeln. Die Verwandlung würde bei ihm jedoch nicht so schmerzhaft
vonstattengehen wie bei einem Werwolf, da er
von seinen positiven oder negativen Gefühlen
abgelenkt ist, während sich seine Knochen in
Sekunden verschieben. Bei einem Werwolf geschieht dies langsamer, schleppender und ist
alleine durch dies um Welten unangenehmer,
aber … ich greife bereits dem Unterricht in So-

ziologie vor, wenn wir nun hier weiter machen. Außerdem ist die Stunde ja bald zu Ende. Notiert euch bitte folgenden Tafelaufschrieb, danach seid ihr entlassen.«

Jamie streckte die Hand und rief ein: »Professor!«, durch den Raum. Mit einem Lächeln drehte sie sich noch einmal zu ihm um.

»Du hast eine Frage?« Er nickte und räusperte sich.

»Kann sich ein Werwolf auf einen Gestaltenwandler prägen? Ich meine, es ist untypisch, dass unsere Rassen ein Rudel bilden, aber es würde mich interessieren, ob es rein theoretisch möglich wäre«, fragte er und Felix zog erschrocken die Luft ein.

»Nein! Jamie! Das gehört nicht hierher«, zischte der Werwolf wütend und das Lächeln auf den Lippen der Professorin wurde breiter.

»Es wäre möglich. Ich habe es noch nie gesehen, dass es vorgekommen ist, aber es ist möglich. Reicht dir das als Antwort?«, antwortete sie und er nickte. Dann begann sie damit, an die Tafel zu schreiben, beziehungsweise verzauberte sie den Stift so, dass er für sie schrieb. Ihr Blick ruhte auf mir, weshalb ich mich gezwungenermaßen an die Arbeit machte.

Erleichtert schloss ich die Tür, als mich Dalex plötzlich zur Seite zog und gegen die nächstbeste

Wand presste. Er war so nah, dass ich den Geruch seines Shampoos wahrnehmen konnte. Grüner Apfel oder so etwas.

»Komm heute Abend in mein Zimmer. Ich muss dringend mit dir reden.«

Ich spürte seinen Atem dicht an meinem Ohr, ehe ich für einen Moment glaubte, seine Lippen an meinem Hals zu spüren, und schloss die Augen. Passierte das hier wirklich oder bildete ich es mir nur ein? Ich spürte wie mich etwas Kaltes berührte und als ich die Augen öffnete, war er plötzlich weg. Wie zur Hölle funktionierte das? Er konnte doch nicht einfach verschwinden.

Scheinbar schon, denn Dalex blieb in *Magische Pflanzen und Tiere* verschwunden. Es beunruhigte mich und ich konnte nicht sagen, dass es dadurch leichter war, dem Unterricht von Mr. O'Neill zu folgen, aber es gelang mir. Wenn auch nur halbherzig. Es war nicht so, dass mich das Fach nicht interessierte, doch wenn ich ehrlich war, dann konnte man nicht behaupten, dass Professor O'Neill ein sonderlich guter Lehrer war. Sein Unterrichtsstil war trocken und dementsprechend war mein Gehirn damit beschäftigt, die Frage nach Dalex immer und immer zu wiederholen.

»Snow, was sind die typischen Kennzeichen einer Kuhpflanze?« Ich spürte Lilas Ellenbogen in meiner Seite und sah erschrocken auf.

»Was?«, fragte ich irritiert, was mir einen bösen Blick von Professor O`Neill einbrachte.

»Kuhpflanzen, Snow. Was kannst du uns über die Kuhpflanzen sagen?« Ich schloss nachdenklich die Augen. Kuhpflanzen. Spontan fiel mir ein Simulationsspiel der Menschen ein, in dem es Kuhpflanzen gab, aber ich hatte noch nie etwas von einer real existierenden Kuhpflanze gehört. Es hatte keinen Sinn.

»Ich weiß es nicht, Professor.« Er warf mir einen dunklen Blick zu, dann seufzte er.

»Verstehe. Lila, weißt du es?«

Sie nickte eifrig.

»Eine Kuhpflanze ist eine fleischfressende Pflanze, die den Kopf einer Kuh hat. Sie frisst grundsätzlich alles und ist vor allem ein sehr beliebtes Testmittel für Zaubertränke und wird hin und wieder sogar in Zaubertränken verwendet. Sie ist für die magische Welt ein wichtiger Bestandteil.« Sie lächelte mir zu und ich wusste, dass meine Chancen gut standen, sie zu überreden, dass sie mir ihre Unterrichtsnotizen hinterließ. Der Professor wünschte sich, dass in der nächsten Stunde mit der Zucht einer solchen Pflanze begonnen werden sollte. Jeder Clan sollte eine bei sich im Haus haben, scheinbar half sie gegen Fliegen, Flöhe und sonstiges Ungeziefer und war leicht zu züchten. Ich glaubte jedoch nicht wirklich daran, dass unser Haus überhaupt eine zustande bringen würde.

Die letzten zwei Doppelstunden waren BWL bei Professor Rose. Die Begründung für ihren Lehrplan war ganz einfach. Sie wollte uns darauf vorbereiten, dass unser Leben nicht nur von Magie bestimmt sein würde. Es ging dort draußen um mehr als die Tatsache, dass wir mit einem Zauberstab wedeln konnten und coole Dinge passierten. Es ging um einen guten Beruf. Und dafür brauchten wir dringend BWL. Wer wollte sich denn schon freiwillig mit Rechnungswesen herumschlagen, wenn er zaubern konnte – das dachte sich vermutlich jeder Schüler, als er den Stundenplan das erste Mal ansah. Doch insgeheim wusste jeder, dass sie recht hatte. Wir konnten unser Leben nicht davon abhängig machen, dass wir zaubern konnten. Einige von uns – und dabei zählte ich alle bis auf die Vampire und Werwölfe hinzu – würden einen normalen Beruf ausüben. Und so begann sie unsere Einführung in die Betriebswirtschaftslehre. Skonto, Rabatte, Soll und Haben. Mir schwirrte der Kopf vor lauter Begriffen und Definitionen, die wir als Hausaufgabe durcharbeiten sollten. Irgendwie bereiteten mir die normalen Fächer am meisten Kopfzerbrechen.

Erschöpft ließ ich mich auf mein Bett sinken und warf den Rucksack in die Ecke. Die Zeit an der Schule fühlte sich schon wie eine Ewigkeit an. Sam lag bereits zusammengerollt auf seinem Bett und ich nahm wie jeden Abend automatisch den Weg in die Küche, wo ich mir eine Tiefkühlpizza in den Ofen schob und mich gegen die Küchentheke lehnte.

Morgen würde ich dann vermutlich das erste Mal etwas lernen, was meine Rasse auch wirklich betraf. Und vielleicht würde ich auch endlich mit Dalex reden können. Vielleicht würde ich endlich verstehen, warum er mich im Unterricht mied und bereits am zweiten Tag fehlte. Wenn ich diese Antworten hatte – und vielleicht noch etwas Warmes im Magen – konnte ich mich endlich mit meinem Schulbuch über die Theorie der Beschwörung auf mein Bett schmeißen und lernen. Meine Gedanken wanderten zu Sam, der vermutlich seelenruhig schlief. Einen Tag lang ein Zombie sein. Was für ein verlockender Gedanke. Seufzend zog ich die Pizza aus dem Ofen und ging in mein Zimmer.

Dalex würde auch noch die fünf Minuten auf mich warten können.

Doch entweder verging die Zeit zu schnell, oder er war überpünktlich, denn es klopfte an meiner Tür und ich stellte den Teller ab.

»Ich komme ja schon«, murmelte ich, innerlich fluchend, dass ich nicht einmal in Ruhe essen konnte. Zu meiner Überraschung stand jedoch nicht Dalex vor mir, sondern Lila.

»Ich muss mit dir reden. Dringend.«

Verwirrt musterte ich die Fee vor mir. Schlechter Zeitpunkt, schoss es mir durch den Sinn. Doch wie konnte ich sie loswerden, ohne dass sie sauer auf mich werden würde?

»Hör zu Lila, es ist gerade sehr schlecht. Ich bin gleich mit ...«, weiter kam ich nicht, denn ich entdeckte Dalex der seelenruhig hinter Lila stand und teuflisch grinste.

»Mit mir verabredet. Also zieh Leine, kleine Fee«, hauchte er und ich bildete mir für einen Moment ein, dass Lila erschauderte und leicht vor meinen Augen verschwamm. Dann drehte sie sich zitternd um und ging schweigend. Ein ungutes Gefühl beschlich mich. Hatte sie diese Kälte eben auch gefühlt? Wieso war sie mir noch nie aufgefallen? Und worüber wollte sie so dringend mit mir reden? Weshalb war Dalex bei mir? Waren wir nicht bei ihm verabredet gewesen?

»Wie machst du das?«, fragte ich vorsichtig und eine dunkelbraune Augenbraue wanderte fragend nach oben.

»Wie mache ich was?«, entgegnete er mit einer Gegenfrage. Ich warf ihm einen abschätzenden

Blick zu, dann seufzte ich. Nichts Auffälliges festzustellen.

»Vergiss es.« Mein Verstand sagte mir, dass es sinnvoller war, nicht nachzufragen. Er würde mir sowieso keine Antwort geben.

»Worüber möchtest du mit mir reden?«, fragte ich und ließ ihn in mein Zimmer eintreten, welches er angespannt betrachtete.

»Er schläft seelenruhig«, stellte er fest und trat an Sams Bett. Ich beobachtete ihn, wie er sanft über sein Haar strich. Was hatte er vor?

»Dalex, ich bin müde. Ich habe keine Lust auf Smalltalk am Abend.«

Ich warf einen Blick auf die Uhr. Es war fast Mittag. Er nickte stumm und murmelte ein kurzes: »Ich weiß, sorry«, dann ließ er sich auf meinem Bett nieder und klopfte neben sich. Seufzend ließ ich mich neben ihn sinken.

»Ich … hör zu, Snow. Ich wollte mit dir darüber reden, dass die Dinge plötzlich eine ganz andere Bedeutung haben. Ich spüre, dass wir zusammengehören. Ich weiß, wir kennen uns noch nicht einmal einen Monat, aber ich glaube daran.« Er griff nach meiner Hand und ich erschauderte. Wie konnte er das nach so wenigen Wochen sagen? Wie konnte er von Gefühlen reden? War dieses nervöse Flattern in meiner Bauchgegend genau dasselbe, was er auch fühlte?

»Irgendwann, Dalex, kann ich dir vielleicht glauben. Doch wie du sagtest, es ist eine verdammt kurze Zeit. Ich will nichts überstürzen und vor allem will ich niemanden, der mich leidenschaftlich ignoriert.« Dalex lächelte milde, nickte dann aber und schloss die Augen.

»Verstehe«, bekräftigte er sein Nicken und erhob sich von meinem Bett.

»Ich wollte dir damit helfen, aber scheinbar hast du keine Hilfe nötig. Weine nicht, wenn du allein bist«, murmelte er und ließ mich allein.

Seufzend ließ ich mich nach hinten sinken. Scheiße.

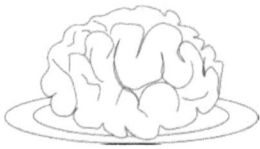

Kapitel 12

Ein Sprichwort der Menschen sagt, dass man nicht in die Hand beißen soll, die einen füttert. Ich hatte nie verstanden, was man genau damit meinte, aber irgendwie hatte ich das Gefühl, dass mir genau das mit Dalex passiert war. Er wollte mir helfen und ich hatte seine Hilfe unwissentlich ausgeschlagen. Ich war ein Idiot und dieses Wissen brachte mich um meinen Verstand, vor allem hatte ich jedoch das Gefühl, das ich meinen Schlaf dafür einbüßen musste. Als der Abend dämmerte, war ich mir zumindest sicher, dass ich noch einmal mit ihm reden musste. Aber wie? Heute war unser einziges gemeinsames Fach: Mathematik. Denn ich bezweifle ehrlich, dass er sich für Literatur und Lyrik als Wahlfach interessierte. Es war definitiv besser als irgendwelche halsbrecherischen Sportarten und Standardtänze. Jedenfalls war ich davon überzeugt, dass ich ein Gespräch starten musste, das schwierig sein würde.

Die hohe Kunst der Beschwörung. Ich hatte nur wenige Seiten aus dem Schulbuch gelesen und fürchtete den Gedanken an die Geheimnisse der

Toten, die sich mir vielleicht eröffneten, sofern Professor Dylane es mir beibringen würde. Ich spürte ihre Hand auf meiner Schulter und glaubte für einen Moment unter dem Gewicht ihrer Erwartungen an mich zusammenzubrechen.

»Bist du bereit?«, fragte sie vorsichtig und innerlich wollte ich schreien. Ich war nicht bereit. So ganz und gar nicht, zumal ich nicht wusste, was passieren würde. Dennoch spürte ich mich selbst nicken. Kerzen standen in einem Kreis um mich herum und der Vollmond glänzte über uns. Eine unheimliche Atmosphäre für ein unheimliches Unterfangen.

»Gut. Wir werden es ganz langsam angehen lassen. Ich weiß, dass du gelegentlich von der Grinsekatze heimgesucht wirst. Astronomen und Ungläubige deuten eine grinsende Katze als Zeichen des Todes, aber ich denke nicht, dass du das Gefühl hattest, sie würde dir etwas Böses wollen, selbst wenn ihre Art etwas … nennen wir es *speziell* ist?«, fragte sie und ich schüttelte den Kopf. Sie war vielleicht etwas sehr rätselhaft, aber dennoch fühlte ich mir ihr verbunden.

»Das ist gut. Sehr gut. Wir werden sie heute rufen. Zumindest werden wir es versuchen. Du musst ihr beibringen, dass sie auf deine Rufe antwortet und nicht nur du auf die ihren. Ein Geben und Nehmen.« Sie legte ihre zweite Hand auf meine Schulter.

»Schließe die Augen. Ich werde dich anleiten. Und Snow? Sollte etwas schiefgehen, ein anderer Geist auftauchen und dich angreifen, so bewahre Ruhe.« Ein anderer Geist? Angreifen? Ich schluckte und fragte mich im nächsten Moment, wie weit ich ihr trauen sollte. Es war mir ohnehin nicht klar woher sie das Ganze wusste. Sie war keine Totenbeschwörerin. Und mit dem Wissen, dass andere Geister auftauchen könnten, wurde das Ganze nicht besser. Was, wenn plötzlich ein wildgewordener Vampirgeist hier auftauchte? Oder ein Racheengel? Dennoch musste ich es austesten. Es war reine Neugierde.

»Verstanden«, hauchte ich und schloss die Augen. Um mich herum war es still. Nun ja, fast. Ich konnte ein leichtes Zischen hören, beinahe wie ein Windhauch. Aber nichts Ungewöhnliches, ein Geräusch, das ich schon seit jeher kannte. An manche Dinge gewöhnt man sich eben.

»Hörst du etwas? Spürst du etwas?«, fragte mich meine Betreuerin und ich schüttelte den Kopf.

»Ein Zischen, ein Flüstern? Irgendetwas?«, vernahm ich erneut ihre Stimme und ich nickte.

»Ein leichtes Zischen«, flüsterte ich und sie drückte ihre Hände fester auf meine Schultern.

»Das ist gut. Sie sind immer in deiner Nähe. Du musst dich nun auf den Geist konzentrieren, den du beschwören möchtest. Heiße ihn Willkommen.« Ich konzentrierte mich auf die Grinsekatze, stellte sie mir vor und konzentrierte mich auf das Zischen. Und tatsächlich es wurde lauter, glich beinahe einem Schnurren. Ich spürte, wie die Kälte näherkam und stieß die Luft aus, dann ebbte sie ab, verschwand jedoch nicht. Etwas Weiches strich um meine Beine und ich öffnete meine Augen. Dass Professor Dylane zurückgetreten war, hatte ich gar nicht bemerkt. Vor mir saß eine alte Vertraute, die mich diabolisch angrinste.

Ich sah mich um. Die Umgebung hatte sich verändert. Es war neblig, kalt und die Bäume sahen aus wie Gesichter. War ich im Totenreich? Nein, das konnte nicht sein. Denn bei genauerem Hinsehen erkannte ich Jan, Dalex und das Gesicht meiner Mutter in den Rinden der kahlen Bäume. Mein Kopf fühlte sich an, als würde er zerspringen. Der Schmerz zog sich hindurch und ich blinzelte die Tränen fort. Verdammt, es schien angenehmer zu sein, wenn ein Geist dich aus freien Stücken besuchte.

»Du bist also noch am Leben«, lachte die Grinsekatze und ich vernahm ihre Stimme so dicht an meinem Ohr, dass ich für einen Moment glaubte, sie würde in meinen Geist eindringen. »Beinahe hätte ich mein Grinsen darauf verwettet, dass du durchdrehst. Aber du lässt dich nicht brechen. Nicht wie das Mädchen letztens.« Brechen? Warum wollte er mich brechen? Was hatte das zu bedeuten?

»Mein lieber Snow. Es werden jährlich Totenbe-schwörer geboren, aber nur knapp drei Prozent schaffen es auch, ihre erste Beschwörung zu überleben. Entweder sie sterben daran, weil sie zu schwach sind oder sie drehen durch und nehmen sich das Leben. Egal wie, es endet immer mit dem Tod, ist das nicht traurig?« Sie ruhte einen Moment in ihrer Aufzählung und blickte mich finster an.

»Einige überleben es sogar, aber sie sind auf ewig verdammt und werden deshalb von der Gesellschaft ausgeschlossen. Ich sollte dir vermutlich dazu gratulieren, dass du hier noch stehst, aber das entspricht nicht meinem Wesen«, schnurrte sie vergnügt ihre Antwort und es wurde tatsächlich einen Moment lang besser mit meinen Schmerzen.

»Du bist also tot«, stellte ich keuchend fest und ihr Grinsen verschwand.

»Ich war einst eine ganz gewöhnliche Katze. Doch *Er* hat mich manipuliert. Ich war nicht stark genug, um mich zu wehren«, erklärte sie und kuschelte sich zu einer Kugel zusammen.

»Ich starb hier in der Schule. Ein mächtiger Zauberer holte mich zurück, doch ich war nie wieder wirklich hier. Mehr so ein Zwischending aus

Leben und Tod. Du musst ihm das Handwerk legen. Ihnen beiden«, flüsterte die Grinsekatze und war daraufhin verschwunden. Ich spürte, wie die Kälte mich wieder in Beschlag nahm und ein kleines silbernes Licht auf mich zurauschte. Ich schrie auf, dann wurde ich von einem dunklen Licht eingezogen und verlor das Bewusstsein.

Ich rannte durch die dunklen Gänge des Schlosses, während *Er* mir dicht auf der Spur war. Ich warf einen Blick nach hinten, doch die glühenden roten Augen kamen immer näher. Meine Pfoten trugen mich immer weiter, doch ich hatte mich nicht mehr unter Kontrolle. Die Kälte holte mich ein, und ich vernahm das bittere Lachen, gefolgt von Zähnen an meinem Genick.
Szenenwechsel. Ich verbeugte mich andächtig vor dem Meister. Es war wie immer. Er saß in seiner menschlichen Gestalt auf seinem Thron und verteilte seine Aufgaben. Ich musste *Sie* stürzen. Doch wie sollte mir das gelingen? Seine rechte Hand war zu stark. Wie sollte ich Dylane stürzen, um an den Schattenfürsten heranzukommen? Mit ihnen konnte ich es niemals aufnehmen. Dann löste sich das Bild vor meinen Augen auf.

Schweißgebadet wachte ich auf und spürte Professor Dylanes Hand auf meiner Stirn, während sie etwas vor sich hin sang, was nach einem Ritual klang. Als sie bemerkte, dass ich wach war, ließ sie davon ab und musterte mich besorgt. Mir war furchtbar schlecht. Was war passiert?

»Du bist nicht gestorben. Das ist eine Glanzleistung. Ich hatte nicht damit gerechnet. Es war viel, nehme ich an?« Ich warf ihr einen finsteren Blick zu. Gestorben? Ein Glück? Hatte sie noch alle Tassen im Schrank? Ich hatte mein Leben riskiert, nur weil sie es gewollt hatte. Wie konnte sie dann mit einem solchen Satz kommen.

»Schau nicht so finster. Du schlägst dich gut. Was das aber gerade war, kann ich dir leider auch nur in der Theorie erklären. So wie es scheint, hat sie ihre Erinnerungen mit dir geteilt. Du musst wissen, dass sie einmal ein magisches Haustier war. Sie wurde manipuliert und letztendlich wollte sie mich töten«, murmelte sie und ich sah, dass es sie störte. Es störte sie, dass die Katze sie hasste. Es störte sie, dass ich noch lebte. Ich beschloss mich, wenn möglich, von ihr fernzuhalten. Scheinbar gab es etwas an mir, das sie nicht gebrauchen konnte, leider wusste ich nur noch nicht, was es war.

»Haben Sie dieses Wesen auf sie gehetzt?«, fragte ich vorsichtig und sie sah mich erschrocken an.

»Wesen? Was hat sie dir gezeigt?«, entgegnete Professor Dylane und ihre Finger gruben sich schmerzhaft in meine Schulter.

Verschweig es ihr!

Diese Stimme … Die Grinsekatze! Ich wollte es Professor Dylane sagen, doch sie hielt mich davon ab. Also schloss ich nur die Augen und schüttelte den Kopf. Es dauerte einen Moment, ehe sie mit einem »Verstehe« von mir abließ und verschwand.

Grundsätzlich fühlte ich mich nicht imstande jetzt den Literatur- und Lyrikunterricht aufzusuchen, allerdings wollte ich in der ersten Woche nicht blaumachen und vor allem nicht in einem Fach, welches ich mir selbst ausgesucht hatte.

Also schleppte ich mich mit ungutem Gefühl im Bauch ins nächste Fach.

Wir fanden uns in der Mensa zusammen, die Stühle und Tische waren herausgeräumt oder weggezaubert worden und im Mittelpunkt des Raumes stand die Bühne im Spotlight. Vorsichtig ging ich auf die Runde von Schülern zu und ließ mich von Sam neben Lila ziehen. Scheinbar mochte Sam ihre Gesellschaft ziemlich gerne.

»Wusstest du eigentlich, dass Alec der erfolgreichste Schauspieler und Poetryslammer in Europa ist? Unter allen magischen Dichtern und Denkern ist er der Beste. Er macht ein Riesengeheimnis um seinen Nachnamen und ich habe herausgefunden, dass er ein Halbgott ist.« Lila ratterte herunter, was sie über ihn herausgefunden hatte, und ich zog nachdenklich eine Augenbraue nach oben. Wenn er eine solche Berühmtheit war, was hatte er dann an der Schule zu suchen? Natürlich war mir bereits in der Kennenlernwoche aufgefallen, dass er verdammt sexy für einen Lehrer war.

»Ich stehe auf den Leckerbissen. Wenigstens mal ein Lehrer fürs Auge«, merkte Dalex an und ich musterte Alec. Verdammt, warum musste er so sexy sein? Konnte Dalex nicht so von mir reden? Und was machte er überhaupt hier? Er war doch sicherlich kein Mensch, der gerne Theater spielte und Bücher las.

»Guten Morgen und willkommen in der Welt der Literatur. Ihr werdet euch sicher fragen: Warum müssen wir auf dem Boden sitzen und warum stolziert unser Lehrer wie ein Pfau auf der Bühne umher? Nun ja, das Ganze hat damit zu tun, dass ich gerne bewundert werde.« Man vernahm das Kichern der Mädchen.

»Aber mal ehrlich, das ist nicht der Grund. Ihr habt euch für dieses Fach entschieden, weil ihr euch alle etwas unter Literatur und Lyrik vorstellen könnt. Vielleicht schreibt ihr selbst, oder ihr slammt oder ihr seid schauspielerisch begabt. Meinetwegen lest ihr auch einfach nur gerne. Warum ihr hier seid, ist mir egal. Wichtig ist nur, dass wir dasselbe Ziel haben. Wir möchten die Welt mit Kunst bereichern. Die Bühne ist unsere Welt. Unser Rednerpult oder unser Schreibtisch. Seht es, wie ihr wollt. Dazu werden wir genug Zeit haben. Die meisten von euch kennen mich bereits. Mein Name ist Alec, und ich werde euch duzen, so wie ihr mich duzt. Im Schauspielbusiness sind Name und Rasse egal. Alles was zählt, sind Leistungen. Beginnen wir mit einem Spiel. Findet euch in Zweiergruppen zusammen. Interviewt euch gegenseitig und dann möchte ich, dass ihr euch im Namen der Person authentisch vorstellt. Ich wünsche euch frohes Gelingen.«

Er klatschte in die Hände und drehte sich um, während ihm die gesamte Schulbelegschaft hinterhersah. Ich musste ehrlich sein. Der Mann war klasse. Allein die Ansprache und sein Verhalten in der letzten Woche. Dazu ermöglichte er mir meine erhoffte Chance auf ein Gespräch mit Dalex. Dieser grinste mich breit an.

»Partner?«, fragte er und ich schlug ein.

»Partner.«

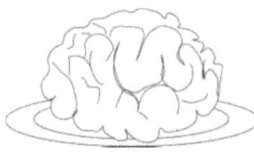

Kapitel 13

Dass Schauspiel nicht gerade einfach werden würde, war mir schon fast klar gewesen. Jemanden allerdings anhand seiner Charaktereigenschaften vorzustellen, wenn man, außer in der Grundschule, keine schauspielerischen Erfahrungen gesammelt hatte, schien mir beinahe unmöglich. Mein letzter Schauspielunterricht und meine letzte Inszenierung waren tatsächlich im zarten Alter von sieben als Prinz in Aschenputtel gewesen. Eine furchtbare Erinnerung. Dalex schien im Vergleich zu mir nicht ganz so verklemmt zu sein, denn scheinbar war Schauspiel genau das, worin er eine Muse zu finden schien. So sog er bewusst jede Information auf, die er durch meine – recht einsilbigen Antworten, denn ich hasste es, über mich zu sprechen - bekam.

»Lieblingsfarbe?«, fragte er und arbeite sich scheinbar durch einen imaginären Fragebogen. Eine Struktur hatte er zumindest, das musste ich ihm lassen.

»Blau. Deine?« »Grün. Stehst du auf Männer?« Einen Moment lang sah ich ihn ungläubig an, dann zuckte ich mit den Schultern.

»Wer weiß das schon. Ich differenziere bei der

Partnerwahl nicht nach Geschlecht, sondern nach den inneren Werten«, teilte ich ihm mit und lehnte mich offensiv zurück. »Du hingegen schon, nicht wahr?«, fügte ich angriffslustig hinzu und er grinste vielsagend.

»Prinzipiell stehe ich auf nur einen Mann und genau dieser sitzt gerade vor mir«, entgegnete er, doch seine Stimme war nur ein laszives Hauchen. Eine Gänsehaut breitete sich auf meinem Arm aus und ich schluckte, ehe ich meinen Blick von ihm abwandte. Warum war es mir so unangenehm, dass er mich interessant fand?

Und unglücklicherweise fand ich ihn ebenfalls alles andere als langweilig. Er war nur so verdammt launisch und ich hatte keine Nerven für besonders launische Menschen.

»Wollen wir nicht zu der nächsten Frage übergehen?«, schlug ich vor, was ihn unweigerlich grinsen ließ. Sofort bereute ich meinen Vorschlag.

»Hast du schon einmal einen Mann geküsst?«, fragte er locker und schlug elegant die Beine übereinander. Durch die zerrissene Jeans konnte ich seine Knie entdecken. Definitiv kein Fußballer, kein Kämpfer. Keine einzige Narbe zu sehen. Unbefleckt. Und allein durch diese Geste wirkte er irgendwie viel älter, als er es eigentlich war. Ich schüttelte meinen Kopf, dann spürte ich seinen Atem an meinem Ohr.

»Das sollten wir bald ändern, oder nicht?« Schon wieder dieser verführerische Ton. Meine Atmung deutete darauf hin, dass mein Herz gerade einen Marathon hinlegte, als ich die Augen schloss und tatsächlich für einen Moment seine Lippen auf den meinen spürte. Ich blinzelte die aufkommende Schwärze fort und sah direkt in seine Augen. Ich wollte etwas sagen, ihn fragen, wieso er mich küsste, doch Alec tat bereits die folgenden Schritte kund. Dalex Blick war tatsächlich dunkler geworden, was mir ganz und gar nicht gefiel. Warum hatte er mich geküsst? Verdammte Scheiße, was fiel dem Mistkerl eigentlich ein? Gestern Abend machte er mir noch Vorwürfe und jetzt nutzte er die nächstbeste Gelegenheit, um mich abzuschlabbern?

Die Vorstellungen der anderen liefen schon und ich seufzte unweigerlich. Dalex legte seinen Arm um mich und zog mich nach hinten, während er sanft meinen Hals küsste. Unweigerlich zuckte ich zusammen. Dieser Kuss hatte mich durcheinandergebracht. Klar, es war nicht mein erster Kuss, aber … etwas in mir sagte mir eindeutig, dass es zu früh gewesen war. Dalex hingegen tat so, als wäre es selbstverständlich mich im Unterricht zu küssen. Vorsichtig drückte ich mich von ihm fort und hoffte, dass Lila genug durch Sam abgelenkt war, um es nicht mitzubekommen.

Auf ihre Standpauke wollte und konnte ich gerne verzichten.

»Was ist denn los?«, fragte er und ich knurrte leise, was jedoch unglücklicherweise Alec auf den Plan rief.

»Snow, Dalex wie wäre es mit euch beiden? Möchtet ihr euch nun gegenseitig vorstellen?« Dalex stand seufzend auf. Natürlich folgte ich ihm, auch wenn ich mich dabei fühlte wie so ein Hündchen, dass seinem Herren hinterherdackelte. Dann räusperte ich mich und trat nach vorne.

»Hey, ich bin Dalex. Ein achtzehnjähriger Schattendämon, der es darauf anlegt, immer den Retter in der Not spielen zu müssen und zum schlechten Zeitpunkt die richtigen Dinge tut, es dann aber zu spät ist.« Ich warf ihm einen finsteren Blick zu und er erhob sich verschwörerisch grinsend. Eigentlich hatte ich gehofft, damit alles gesagt zu haben, was mich störte, doch Dalex musste einen draufsetzen.

»Ich bin Snow. Ich kann mit Toten reden, schaffe es aber nicht, dass sie von mir fernbleiben. Und außerdem weiß ich nie, was ich will. So gesehen befinde ich mich derzeit in einer starken Identitätskrise und sollte mich wohl irgendwann bei Dalex entschuldigen«, keifte er zurück und ich holte aus und verpasste ihm eine Ohrfeige.

Sollte er doch von mir halten, was er wollte. Arschloch. Augenblicklich setzte das Getuschel ein und Alec beendete die Stunde. Das war's wohl mit der Harmonie.

Ich verließ gerade das Klassenzimmer, als Alec mir nachrief.
»Snow! Bleib stehen. Ich möchte mit dir reden.«
Ich seufzte. Es hatte nie etwas Gutes zu bedeuten, wenn Lehrer nach dem Unterricht mit einem reden wollten.
»Hör zu Snow. Ich weiß nicht, wie du und Dalex zueinander steht, aber ich bin der Überzeugung, dass ihr vielleicht miteinander reden solltet. Ich spüre bei euch beiden eine gewisse Veranlagung für die Dramaturgie und möchte dieses Temperament nicht vergeuden. Ich hätte euch gerne für meine Inszenierung von Bram Stoker's Dracula als Jonathan und Dracula. Ihr wärt perfekt für meine Fassung des Stückes. Also? Versöhnt ihr euch und gebt mir bis zur nächsten Stunde Bescheid?« Ich nickte, dann klopfte er mir aufmunternd auf die Schulter und verschwand wieder in der Mensa.
Komischer Kauz, dieser Theaterlehrer.

Nach dieser dramatischen Doppelstunde hielt es Dalex für sinnvoll mich komplett zu ignorieren. In Mathe fragte Professor Rose die Grundlagen ab und ich war erstaunt darüber, wie schlecht manche Menschen im Kopfrechnen sein konnten. Ich war zwar selten einer der Schüler gewesen, die eine Eins nach Hause gebracht hatten, aber schlechter als eine Vier in Mathe war ich auch nie. Was meiner Meinung nach zumindest zu bedeuten hatte, dass ich einen Dreisatz zur Not auch noch per Kopf oder mit Stift und Papier rechnen konnte. Ich stellte also fest, dass ich in Mathe das erste Mal in meinem Leben Langeweile haben würde, während unsere weibliche Clanfraktion gebannt (oder eher mit einem gigantischen Fragezeichen im Gesicht) Professor Roses Worten lauschten, schienen Dalex, Jan und ich tatsächlich die Einzigen zu sein, die es auf Anhieb zu beherrschen schienen.

Deshalb beschloss ich, mich für die nächste Mathestunde neben Jan zu setzten. Dalex war ja leider keine Option mehr für mich.

Eine weitere Erkenntnis kam am späten Abend. Es war sinnlos, sich nicht in das Clanleben integrieren zu wollen. Mit der Ausrede, dass ich Kopfweh hatte, war ich zwar in mein Zimmer verschwunden, allerdings nur, um drei Minuten später von Jan aufgesucht zu werden, der oberkörperfrei (ich fragte mich nach wie vor, warum er so gegen T-Shirts war, dass er nie eins trug, oder ob es eine reine Flirttaktik war) in meinem Zimmer stand und mich nervös angrinste.

»Wie war dein Tag?«, fragte er und warf sich voller Elan auf mein Bett. Ich seufzte.

Klar, setz dich doch. Mein Bett ist dein Bett, merkte eine mir unbekannte Stimme an und ich zuckte erschrocken zusammen. Leider blieb dies Jan nicht verborgen.

»Ist was?«, fragte er und ich schüttelte den Kopf. Bloß keinen Verdacht erwecken.

»Nein, alles okay.« Er grinste mich an und stützte sich auf seinem Ellbogen ab. Irgendwie erinnerte mich das Ganze an so eine typische After-Sex-Szene. Ein muskulöser Typ liegt auf deinem Bett, oberkörperfrei und fragt wie dein Tag war, während er dich dreckig angrinst. Ich fragte mich, aus welcher Telenovela Jan wohl entsprungen war und wann sich mein Leben dazu entschlossen hatte, sich in eine so furchtbare Soap zu verwandeln.

»Und meine Frage?«, merkte er ruhig an, als ihm auffiel, dass ich gedanklich abgeschweift war. Allerdings war ich mir auch nicht mehr sicher, was er mich überhaupt gefragt hatte.

»Sorry?«, fragte ich etwas irritiert nach.

»Wie dein Tag war.« Er grinste höhnisch.

»Ähm, ganz gut. Beschwörung ist ganz cool, wenn du weißt, wie man mit Toten umzugehen hat. Schauspiel ist nicht ganz meins, auch wenn Alec ein ungenutztes Talent in mir entdecken konnte. Er will mich dazu bringen, zusammen mit Dalex einige wichtige Rollen im nächsten Stück zu übernehmen, aber ich denke, ich werde das Angebot ablehnen. Und zu Mathe muss ich ja nichts sagen. Du schienst dich ja ebenfalls zu langweilen«, antwortete ich möglichst darauf bedacht unauffällig zu sein und versuchte den Gedanken an die ersten zwei Schulstunden beiseitezuschieben. Beschwörung schien nicht mein Lieblingsfach zu werden. Irgendwie fand ich es noch immer gruselig, zu wissen, dass ich mit dem Totenreich in Verbindung stand. Und diese eine Beschwörungsstunde hatte gereicht, um mir klar werden zu lassen, dass es genügend Probleme gab, die geklärt werden mussten. Ich kam damit nicht klar und irgendwie hing ich dank der Grinsekatze in ihren Problemen fest. Und ich hatte keine Ahnung, was ich von Professor Dylane halten sollte.

Jans Grinsen wurde breiter. »Und was ging in Schauspiel zwischen dir und dem Seelenfresser ab?«, fragte er und machte sich nicht einmal die Mühe, seine Neugierde zu verstecken.

Seufzend ließ ich mich an meinem Kleiderschrank hinabgleiten. Eigentlich hatte ich nicht sonderlich viel Lust, das ausgerechnet mit Jan auszudiskutieren. Aber meine Intuition sagte mir, dass er ohnehin nicht lockerlassen würde. Halbgötter waren von Natur aus wissbegierig.

Wenn sie etwas nicht wussten, mussten sie es unbedingt erfahren. Es half also leider nur, dass ich mich doof stellte.

»Was ging wo ab?«, fragte ich und hoffte, er würde mir das Blondinnenklischee abkaufen. Stattdessen lachte er. Verdammt.

»Du weißt genau, was ich meine. Was ging in Schauspiel ab? Der ganze Schauspielclub redet davon, von den Clanmitgliedern gar nicht zu sprechen. Ich dachte immer du und er wärt so dicke miteinander? Hat er dir noch nicht angeboten, dass er deine Befehle annimmt, wenn er als Gegenleistung deine Seele bekommt, sobald dein Plan erledigt wurde?« Verwirrt zog ich eine Augenbraue nach oben. »Wovon redest du?«

»Hast du noch nie *Black Butler* gesehen? Ich rede davon, dass ich es für nicht sonderlich sinnvoll erachte, einen Pakt mit einem Teufel, Dämon, Seelenfresser – nenne es, wie du willst – zu schließen. Und dein geliebter Dalex ist genau so etwas. Also, hast du deine Seele bereits an ihn verkauft?«, fragte er und selbst wenn Jan ein verdammt guter Schauspieler war, so war die Angst in seiner Stimme und das Zittern seines Körpers durch einen eisigen Schauer kaum zu übersehen.

»Nein, das habe ich nicht. Wieso sollte man so dumm sein und seine Seele verkaufen?«, fragte ich vorsichtig und Jan sah mich warnend an.

»Würdest du. Wenn du die Möglichkeit hättest, dich an jemandem zu rächen, würdest du es tun. Wenn du jemanden an deiner Seite hättest, der die Kraft eines Dämonen hätte, wäre es doch verlockend es zu tun, oder? Könntest du dieser Möglichkeit widerstehen? Selbst, wenn es die Einzige wäre? Wenn sie deinen Tod fördern würde? Sag mir, was du tun würdest.« Ich schüttelte den Kopf. Vermutlich würde ich genauso handeln und einen solchen Pakt eingehen. Ich wäre genauso schwach, wie man es erwartete. Jan wusste das. Genau deshalb zog er mich in eine wärmende Umarmung und gab mir damit das Gefühl, dass er auf meiner Seite stand.

»Ich will nicht, dass dir etwas passiert. Wenn irgendetwas ist, dann lass es mich wissen. Ich mag zwar scheinbar hin und wieder ein Idiot sein, aber ich bin immer für dich da.« Er trat zur Tür, dann drehte er sich grinsend um.

»Tu mir und dir doch den Gefallen und schau wirklich mal Black Butler an. Der Anime ist toll.« Ich nickte und tatsächlich öffnete ich an diesem Abend über meinen Laptop und das Internet den Anime und schaute ihn an.

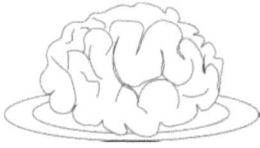
Als ich am Morgen zum Frühstück kam, warf mir Jan einen wissenden Blick zu und ich ließ mich kommentarlos neben ihm nieder. Lila musterte mich verwirrt, schüttelte dann jedoch ihren Kopf und rührte schweigend in ihrem Müsli herum.

»Du siehst fertig aus. Lange Nacht gehabt?«, fragte Felix vorsichtig und ich nickte müde.

Das war nicht einmal gelogen. Meine Nacht war wirklich lang gewesen. Nachdem Jan verschwunden war, hatte Sam sich ins Bett geworfen, noch ein, zwei Mal gehustet und war dann sofort weg gewesen. Erst dann ging bei mir, sobald ich einschlafen wollte, das Gedankenkarussell los und ich lag wieder wach. Letztendlich hatte ich mich mit meinem Laptop zurück aufs Bett verzogen und *Black Butler* geschaut, weshalb ich erst in den Mittagsstunden eingeschlafen war. Kurz darauf klingelte der Wecker und meine Nacht war zu Ende. Es war merkwürdig, wie schnell sich mein Körper an die Umstellung von Tag und Nacht gewöhnt hatte. Nur in den Schlaf zu finden, war ein eher größeres Unterfangen. Im Vergleich zu Sam, der sich einfach in sein

Bett warf, die Augen schloss und einschlief, quälte ich mich in den Schlaf. Schon immer hatte ich ihn um diese Fähigkeit beneidet. Es war schön zu wissen, dass er diese Eigenschaft als Zombie nicht verloren hatte.

»Und was hältst du von Zaubertränke? Ich mag unseren Lehrer nicht sonderlich gerne«, vernahm ich Jans Stimme, doch sie klang, als wäre sie ganz weit weg. Im selben Moment spürte ich seinen Ellenbogen in meiner Seite.

»Nicht schlafen, Kleiner. Was sagst du nun zu den Zaubertränken? Ich finde Professor Shadow hat Ähnlichkeit zu Snape aus Harry Potter. Genau gleich miesepetrig. Muss wohl am Job liegen. Tränke zu brauen ist ja auch nicht sonderlich aufregend«, äußerte Jan seine Meinung, was alle bis auf Lila – sie war ein absolutes Snape-Fangirl, wie sich wenig später herausstellte,, zum Lachen brachte. Sogar mir entfuhr ein amüsiertes Grinsen.

Jan sollte recht behalten. Mit einem straffen Zeitplan und seinem Feldwebelbefehlston ließ Professor Shadow uns unseren ersten Zaubertrank brauen. Präzision, wenig Euphorie und Lernbereitschaft schienen die Codewörter für dieses Fach zu sein. Leider fehlten mir mindestens zwei dieser Attribute, denn mir gelang der recht einfache Glückstrank nicht. Dabei bestand er nur aus der Wurzel eines Ahornbaumes, etwas Basilikum, einem Rattenschwanz und einer Strähne eines Haares von einem beliebigen Tier. Der Rest von uns schien jedoch ganz gut damit klarzukommen. Scheinbar hatte ich das Talent meines Vaters nicht geerbt. Ich spürte den dunklen Blick unseres Lehrers auf mir und schluckte. Vermutlich erwartete gerade er viel mehr von mir. Leider trug dies nicht sonderlich zu meiner Verbesserung bei. Deshalb packte ich nach Abgabe des Tranks schleunigst meine Sachen und folgte Sam nach draußen.

Professor Dylane wartete bereits an dem mir zum Verhängnis gewordenen Brunnen auf mich. Sie hatte beschlossen, dass es wohl sinnvoller wäre bei gutem Wetter den Unterricht nach draußen zu verlegen. Was sie genau mit ihrer individuellen Förderung erreichen wollte, hatte sie mir jedoch noch nicht offenbart.
Sie deutete mir an, mich zu setzen, und ich tat es ihr gleich. Die ersten Minuten schwiegen wir. Dann lächelte sie sanft.
»Ich hoffe, du hast dich gut eingelebt? Wie geht es Sam? Gefällt es ihm hier?«, fragte sie und ich atmete vorsichtig ein und aus, dann legte ich mir die Worte zurecht. Irgendwie war ich, seit ich die Erinnerungen der Grinsekatze gesehen hatte und

ihre Bemerkungen nach der Beschwörung vernommen hatte, vorsichtiger geworden. Vielleicht hatte Dalex damals recht und ich sollte niemanden vertrauen. Auch wenn es mir schwerfiel.

»Alles bestens. Es scheint ihm hier gut zu gehen, das ist alles, was zählt.« Damit schien sie zufrieden zu sein, denn sie nickte und faltete ihre Hände.

»Ich bin stolz auf dich. In Beschwörung schlägst du dich gut. Es gibt nicht viele, die es schaffen.« Ich nickte wissend. Sie musste mir nicht sagen, dass es normal war, wenn Geisterbeschwörer ihrer eigenen Fähigkeit erlagen oder im Wahnsinn ihr Zuhause fanden. Vermutlich war es eine Art Fluch, der auf Beschwörern ruhte.

»Ich finde es schön, zu wissen, dass du dich mit Grins unterhalten kannst. Ich hätte sie so gerne damals gerettet, aber ich konnte es nicht.« Wieder nickte ich und allmählich fühlte ich mich wie ein Wackeldackel, aber was sollte ich ihr auch schon antworten? Dass ich wusste, dass Grins sie stürzen wollte? Dass sie vermutlich dieses düstere Geschöpf auf ihn losgelassen hatte? Nein, es war besser, wenn ich ihr schweigend recht gab.

»Du solltest das Beschwören nicht ohne mich üben. Ich möchte nicht, dass dir etwas passiert, selbst wenn du die Feuerprobe nun bestanden hast. Du kannst mit mir reden, wenn dich etwas belastet. Wir sehen uns, Snow.«

Irritiert sah ich sie an. War das etwa schon alles gewesen? Wollte sie nur mit mir ein Gespräch führen? Und dafür opferten Lehrer Stunden, in denen sie uns hätten quälen können? Es war ein merkwürdiges System hier an der Schule. Wenn sie tatsächlich bezwecken wollte, dass ich mit ihr über meine Probleme sprach, musste sie sich schon etwas Besseres einfallen lassen.

Lichtblick meines Tages war definitiv die Doppelstunde Literatur und Lyrik. Als ich die Mensa betrat, saß Alec auf dem Rand der Bühne, seine Beine baumelten lässig herunter, und er verkündete meinen Klassenkameraden bereits, dass er sich ein Stück für das Schuljahr herausgesucht hatte. Keine neue Info für mich, aber dennoch schienen einige sogar ziemlich begeistert davon zu sein. Doch zuvor wollte er, dass wir uns mit Lyrik und einigen Textstellen des Dichters Goethe beschäftigten. Ich gründete eine Dreiergruppe mit unserem Gestaltenwandler Jamie und Wanda, die mich kritisch beäugte, es aber ohne Widerworte hinnahm.

Dalex hatte sich natürlich mit Hope und Faith zusammengetan, was mich leise seufzen ließ. Ich warf ihm einen dunklen Blick zu. Sollte er doch tun und lassen, was er wollte. Und dennoch schmerzte es.

Gemeinsam analysierten wir Goethes Zauber-
lehrling, was mich unweigerlich an meine früheren Deutschstunden erinnerte. Dadurch, dass ich
damals das Gedicht durchgekaut hatte, konnte
ich meinen Gruppenmitgliedern helfen.

»Lyrik ist kacke. Wer schreibt denn schon ein
Gedicht über einen Besen? Das ist ein böses
menschliches Klischee! Wir Hexen können nicht
nur auf Besen fliegen«, knurrte Wanda und ich
griff beinahe automatisch nach meinem Notizbuch. Fragend blickte ich sie an.

»Und auf was dann?«, fragte Jamie fasziniert und
Wandas Gesicht hellte sich augenblicklich auf.

»Zum Beispiel auf Staubsaugern, Waschmaschi-
nen. Alles kann fliegen, wenn man es nur möchte«, erklärte sie und ich kritzelte einen kurzen
Notizbucheintrag zu Hexen. Scheinbar gab es
einiges, das ich noch nicht wusste.

Jan schrieb ihre Anmerkung in unseren Aufsatz, während Alec uns beobachte und grinsend mit dem Daumen nach oben signalisierte, dass er unsere Arbeit gut fand. Dann ging er zum nächsten Punkt über, was mich unweigerlich lächeln ließ.

»Wie ihr wisst, möchte ich mit euch ein Stück aufführen. Dieses Jahr wird es eine selbst geschriebene Fassung von Bram Stokers *Dracula*, arrangiert von meiner Wenigkeit. Ich werde euch nun die Drehbücher austeilen, bis zur nächsten Stunde dürft ihr euch dann gerne überlegen, welche Rolle ihr spielen möchtet. Ich freue mich jedenfalls, dass Snow und Dalex sich bereit erklärt haben, Jonathan Baker und Graf Dracula zu spielen. Für Professor Dr. van Helsing würde ich gerne Jan vorschlagen. Ich erkenne in vielen von euch großes Talent. In euren Drehbüchern habe ich euch bereits Rollen notiert, für die ich euch als geeignet erachte. Hope und Faith, ich hoffe ihr seid mit der Wahl der Nymphen zufrieden? Ich dachte vampirisches Potenzial muss genutzt werden, wenn es bereits vorhanden ist.« Er grinste und ich warf einen schockierten Blick zu Dalex, der mich überheblich angrinste.

Der letzte Schultag unserer ersten Schulwoche startete nicht viel besser. Kräuterkunde bei Professor O'Neill war verdammt theorielastig und in Anbetracht der Tatsache, dass sogar Blumen bei mir nicht länger als zwei Monate überlebten, war mein Schicksal bereits besiegelt.

Bärlauch, Thymian und Löwenzahn. Ich fühlte mich eher, als hätte ich einen Kochkurs belegt. Damit konnte man meines Wissens leckeres Pesto machen, aber wie sollte mir das Zeug in Zaubertränke weiterhelfen? Lila hingegen schien im wahrsten Sinne des Wortes einen grünen Daumen zu haben. Sie kannte die Kräuter und wusste genau, was sie damit tun konnte. Aber ich nahm mir fest vor, nicht hinterherzuhinken. Vielleicht konnte sie mir ja mal eine Nachhilfestunde geben. Es besser erklären als der alte Professor konnte sie in der Tat.

Dass ich in Menschenkunde ein Überflieger sein würde, wurde mir spätestens klar, als Professor Rose begann, darüber zu sprechen, was Menschen von uns magischen Wesen unterschied. Allein die Lebensart war anders und ich hatte das Glück und Wissen, dass ich mein ganzes Leben als Mensch verbracht hatte. Woher hätte ich denn auch ahnen sollen, dass mich einmal die Magie berühren würde?

Meine Oma war sich immer sicher gewesen, dass zwar Magie in mir ruhte, sie aber nicht ausbrechen würde. Scheinbar hatte sie in diesem Punkt das erste Mal falsch gelegen. Jedenfalls fand es Professor Rose wichtig, dass wir uns mit den Menschen auseinandersetzten, immerhin lebten wir in ihrer Welt, auch wenn sie nichts von unserer Existenz wussten und wir sie meistens als rückständig betrachteten.

»Snow? Ich denke, du könntest am besten den Vergleich zwischen magischen Wesen und Menschen ziehen. Was sind unsere Gemeinsamkeiten und was sind unsere Unterschiede?«, fragte mich Professor Rose und riss mich somit aus meinen Gedanken.

»Magische Wesen sind es für gewohnt, dass sie durch Zaubersprüche oder ihre Kräfte Dinge viel einfacher erledigen können. Denken wir einmal daran, dass es für uns selbstverständlich ist ein Licht herzuzaubern, wenn es dunkel ist, so benötigt der Mensch hingegen die Technik. Einen Lichtschalter oder eine Taschenlampe zum Beispiel. Generell sind Menschen viel praktischer veranlagt, als es ein magisches Wesen ist. Ihre Stärken liegen definitiv in der Logik und im handwerklichen Geschick.« Ich blickte in die Runde und scheinbar hatten einige es sogar geschafft meiner Ausführung zu folgen. Zufrieden fuhr ich fort.

»Magische Wesen hingegen hegen einen Drang zur Perfektion und Kreativität. Das beneidenswerte an Menschen ist jedoch dieses Urvertrauen in alles und jeden. Etwas, das bei einem magischen Wesen nie oder ganz selten vorhanden ist. Wenn ein Mensch sich in jemanden verliebt, würde er alles für diesen Menschen tun. Es wäre seine Schwachstelle.« Ich warf einen letzten Blick in die Runde, dann setzte ich mich. Professor Rose warf mir ein zufriedenes Lächeln zu und wischte sich eine Träne von der Wange. War sie etwa gerührt, nur, weil ich meine Sicht der Dinge offenbarte?

»Meine Schüler. Ich hätte es gar nicht schöner sagen könnten. Bitte notieren sie sich diesen Tafelaufschrieb. Snow, es gibt heute einen Vermerk für besonders gute Mitarbeit. Ich bin stolz auf Sie.« Mit diesen Worten war die Stunde beendet und ich verließ ungläubig den Raum.

Wie schon gestern traf ich mich mit Professor Dylane am Brunnen. Sie hatte sich einen weißen Mantel übergeworfen und wartete auf mich.

»Hallo Snow. Komm, lass uns ein Stück gehen.« Ich warf ihr einen skeptischen Blick zu, folgte ihr aber dann.

»Snow, wir sollten uns über die nächste Stunde Beschwörung unterhalten. Möchtest du jemanden wiedersehen? Gibt es jemanden? Jemanden den du verloren hast, der dir wichtig war?«, fragte sie und ich schüttelte den Kopf. Nicht, dass es niemanden gab. Ich wollte einfach nicht mit ihr darüber reden. Dafür brannte mir hingegen eine ganz andere Frage auf den Lippen.

»Darf ich Sie etwas fragen, Professor?« Sie blieb stehen und warf mir einen abwartenden Blick zu, dann nickte sie. »Natürlich. Was gibt es?«

»Was sind Sie? Ich meine, Sie sagten, Sie hätten ihre Katze nicht retten können, sie sagte aber jemand hätte sie zurückgeholt. Ich will ihnen nicht zu nahe treten, aber sind Sie wie ich? Oder etwas Ähnliches?«, fragte ich vorsichtig, doch sie schüttelte den Kopf.

»Nicht ganz, Snow. Ich habe die Fähigkeit, Schmerzen zu lindern und Tote in das Jenseits zu führen, aber mir obliegt weder die Macht mit ihnen zu sprechen noch ihren Tod zu verhindern oder sie gar zurückzuholen. Die Schöpfergottheit gab mir die Kräfte meiner damaligen Freundin, die bei ihrer ersten Beschwörung starb, doch nie erhielt ich sie ganz. Meine Berufung ist es, Totenbeschwörer darauf vorzubereiten, ihre Aufgaben zu verrichten. Doch außer dir hat es die letzten Jahre keiner geschafft. Meist kam das Schicksal ihnen zuvor. Deshalb bitte ich dich noch einmal, sei vorsichtig.« Ich nickte und versuchte, das Gesagte zu verdauen, was mir nicht wirklich gelang. Ich wurde aus dieser Frau einfach nicht schlau. Und irgendetwas an ihr verunsicherte mich. Gänzlich.

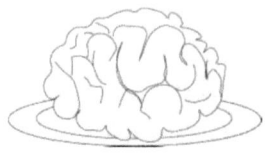

Kapitel 15

Sollte ich je behauptet haben, dass mein Clan aus
einem Haufen Langweiler bestand, so musste ich
es spätestens am Samstagabend zurücknehmen.
Mit einem Buch über die verschiedenen Rassen
hatte ich mich gerade auf mein Bett verzogen, als
es klopfte und Wanda ihren Kopf hereinstreckte.
»Kommst du?«, fragte sie und ich sah sie fragend
an. Nicht, dass es schon merkwürdig genug war,
dass gerade sie ihren Kopf hereinstreckte (sie
mied mich ja bekanntlich), nein, sie musste mich
auch noch fragen, ob ich mit ihr irgendwohin
gehen würde. Es war eine sehr merkwürdige
Situation.
»Wohin soll ich kommen?«, fragte ich und sie
zog eine Augenbraue nach oben, ehe sie seufzte.
»Hat dir denn keiner Bescheid gegeben? Wir
feiern samstags immer eine Party im Wohnzimmer. Nur wir vom Clan. Mit Alkohol und Spielen. Du bist natürlich eingeladen, aber wenn du
lieber ein Loser und Außenseiter sein willst,
dann bleib ruhig hier«, meinte sie und ließ meine
Zimmertür krachend ins Schloss fallen. Ich zuckte zusammen und schlug das Buch zu. Ein Grinsen umspielte meine Lippen. Eine Party? Mit

Alkohol? Seit wann ließ ich mir denn so eine Fete entgehen?

Kurzerhand erhob ich mich und folgte Wanda ins Wohnzimmer, wo bereits die Möbelstücke zur Seite geschoben worden waren (oder wohl eher gezaubert – wer tat denn hier noch was per Hand, wenn ein Schwenker mit dem Stab es so einfach machte?) und die Clanmitglieder hatten sich bereits im Kreis auf dem Boden versammelt.

»Hey Snow, setz dich«, rief Felix und rückte ein Stück zur Seite, sodass ich mich zwischen ihn und Jan setzen konnte.

»Hey«, begrüßte ich die Runde und von einigen bekam ich ein aufrichtiges Lächeln.

»Jetzt, wo wir so schön zusammensitzen, lasst uns ein Spiel spielen«, schlug Jan vor und klatschte aufgeregt in die Hände. Felix grinste diabolisch und griff bereits nach der Likörflasche, die einen ziemlich eindeutigen Namen trug, und schenkte ihn in die kleinen Schnapsgläser ein. Jan kramte derweil nach einer leeren Flasche, die er stolz in die Luft streckte, als hätte er gerade den Hauptgewinn gemacht.

»Wir spielen heute Wahrheit oder Pflicht. Wer es nicht kennt, lebt wohl hinter dem Mond. Aber zur Sicherheit, und weil ich keinen schikanieren möchte, erkläre ich trotzdem schnell die Regeln«, verkündete er und der Großteil der Gruppe seufzte. Ich warf einen Blick zu Lila, welche direkt neben Wanda saß und sich unterhielt, und ließ meinen Blick zu den Vampirschwestern wandern, die aneinander gekuschelt dasaßen. Hope hatte ihren Kopf an Faiths Schulter gelehnt, während der Arm ihrer Schwester um ihre Taille geschlungen war. Ein seltsames Bild, aber es schien niemanden zu stören. Dann erblickte ich Dalex, der missmutig in die Runde blickte. Jan stieß mir seinen Arm in die Schulter und reichte mir die Flasche.

»Ich bin dafür, dass du anfängst. Und vergiss nicht, es dürfen ruhig auch dreckige Dinge passieren.«

Verwirrt starrte ich auf die leere Flasche in meinen Händen. Dann drehte ich sie mit Schwung und sie blieb direkt vor Jamie stehen. Ich wandte mich zu ihm und schluckte, bevor ich ihm die Frage stellte. »Wahrheit oder Pflicht?« Er grinste kaum merklich, was mich frösteln ließ. Ich fand es immer schwierig, mit Fremden solche Spiele zu spielen.

»Wahrheit.« Komischerweise war ich erleichtert. Es war nicht so, dass ich das Spiel nicht mochte, ich wollte meinen Mitbewohnern nur nicht zu nahe kommen, bevor ich mir nicht sicher war, dass sie mich nicht im Schlaf töten würden. Ich entschied mich also für den Klassiker der Fragen.

»Bist du in jemanden verliebt, der in dieser Runde sitzt?«, fragte ich und sein Lächeln verblasste. Volltreffer. Er rieb sich nervös die Hände, beinahe so, als wäre es ihm unangenehm.

»Nun ja, ähm … ja«, murmelte er und ich gab mich mit seiner Antwort zufrieden. Er warf einen Blick in Felix Richtung, der allen Anwesenden Antwort genug war. Dann drehte er sich um und alle, außer dem, der drehen musste, kippten ihren Schnaps. Ich ahnte bereits, dass diese Tradition der Samstagspartys eine interessante Erfahrung in meinem neuen Schulleben sein würde. Wahrheit oder Pflicht war bei magischen Wesen nicht anders als bei Menschen, je mehr Alkohol floss, desto schlimmer und intimer wurden die Aufgaben und Fragen.

Dalex hatte soeben ein heißes Zungengefecht mit Jan ausgefochten, was meinem Herzen tatsächlich einen kleinen Stich versetzt hatte, und drehte nun teuflisch grinsend die Flasche, die vor Hope stoppte. Sie schien amüsiert zu sein.

»Wahrheit oder Pflicht?«, fragte er und seine Stimme bebte – ob nun aus Vorfreude oder noch aus Erregung dieses wirklich spektakulären Kusses konnte ich nicht sagen.

»Pflicht«, kam es unberührt von Hope und Dalex Grinsen wurde um einiges breiter.

»Einmal knutschen und fummeln bitte«, verkündete er und ich konnte ein zufriedenes: »Au yeah!«, aus Jans Richtung vernehmen. Hope verdrehte die Augen, dann zog sie ihre Schwester auf den Schoss, während ihre Lippen sich feurig, wild und automatisch bewegten, als wären die Abläufe nichts Besonderes für sie. Faiths Hände wanderten über den Körper ihrer Schwester und diese tat es ihr synchron gleich. Eine unglaubliche Harmonie, die einigen im Raum ein Keuchen entlockte. Ich riss meinen Blick von ihnen los und ließ ihn durch den Raum wandern. Die meisten starrten die beiden mit einer Mischung aus Begeisterung und Argwohn an. Ich selbst musste zugeben, dass es verdammt heiß war, ihnen zuzusehen, auch wenn die beiden ziemliche Kotzbrocken waren. Sam stupste mich an und gestikulierte, dass ich beobachtet wurde, dann traf mein Blick auf Dalex, der sofort zur Seite sah. Erwischt. Scheinbar hatte er mich interessanter gefunden als das Fummelszenario seiner Bekannten. Ob dies ein Test war? Ich war mir nicht sicher, aber ich traute es ihm zu. Vielleicht wollte er meine Reaktion abwarten.

Als ich zurück zu den Schwestern sah, hatten diese sich bereits nebeneinandergesetzt und wirken im Vergleich zu gerade eben wie zwei Unschuldslämmchen. Es war Jan, der nach dieser Darbietung den Schlussstrich für den Abend zog, sichtlich begeistert von dem Schauspiel.

»Ich denke, das war's für heute. Wenn jemand schon jetzt eine tolle Idee für die nächste Woche hat, dann kann er sie gerne in die magische Box werfen. Vielleicht spielen wir ja mal sieben Minuten im Paradies. Jamie und Felix haben meines Wissens nach die größten Schränke.« Er zwinkerte mir zu, dann löste sich die Gruppe auf und ich erhob mich. Ich war der Letzte, der das Wohnzimmer verließ.

In dieser Samstagnacht lag ich noch lange wach. Ein ungutes Gefühl hinderte mich daran, einzuschlafen, und ich sah immer wieder zu Sam, der zufrieden vor sich hin schnarchte. Alles war gut. Keinen Grund zur Aufregung. Ich würde mich gut hier in der Schule einleben und nach diesem Abend wusste ich, dass ich meinem Clan vertrauen konnte. Egal, was passieren würde, denn irgendetwas sagte mir, dass wir zusammenhalten würden, wenn es hart auf hart kam.

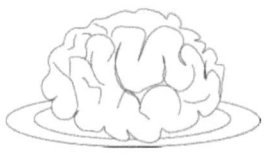

Kapitel 16

Der erste Schulmonat zog unaufhaltsam an mir vorbei. Mein Clan hatte mit der gemeinsamen Zucht der Kuhpflanze begonnen (hin und wieder erwischte ich Lila dabei, wie sie auf dem Fenstersims saß und mit der Pflanze redete. Anfangs hatte ich sie für vollkommen bekloppt gehalten, doch dieses Ding antwortete ihr tatsächlich. Das war also ihr Geheimnis, weshalb sie in den Fächern, die mit Natur zu tun hatten, so gut war) und in Schauspiel hatte die Probenarbeit zu Dracula begonnen. Es war ein seltsames Gefühl, mit Dalex auf der Bühne zu stehen und zu wissen, dass wir uns im Moment aus dem Weg gingen. Unsere ganze Verbundenheit endete stets damit, dass wir die Bühne verließen und uns düstere Blicke zuwarfen. Es war zum Verzweifeln. Ich wollte ihn nicht zum Feind haben, aber scheinbar hatte Dalex seinen Entschluss gefasst. Er wollte keinen Kontakt, also sollte er auch keinen bekommen. Inzwischen glaubte ich zudem, meine Beschwörungen ziemlich gut im Griff zu haben. Immer mal wieder saß ich auf meinem Bett oder draußen und rief die Grinsekatze zu mir. Fast immer antwortete sie. Zwar kam sie meist nur, um mich zu necken, aber damit konnte ich leben. Ich fühlte mich dadurch immerhin nicht ganz einsam und alleingelassen. Sam hatte Anschluss bei Lila gefunden, die ihn unheimlich verwöhnte. Doch ich war froh darum. Sie schien mit seiner anhaltenden Erkältung klarzukommen und umsorgte ihn, solange sie konnte. Ich hingegen hatte einen guten Freund in Jan gefunden. Wenn es nicht gerade um frühpubertäre Themen ging oder darum, wer ihn auf den morgigen Halloweenball begleiten sollte. Ich für meinen Teil hatte beschlossen, allein zu gehen. Es war die Nacht der Geister und Grins hatte mich gewarnt. Scheinbar war es besser, wenn ich mich von Ritualen und solchen Spielchen fernhalten würde. Also hatte ich Jan einen Korb gegeben (und dabei hatte er sich so viel Mühe gegeben, mein Herz zu erobern. Er hatte sogar mit Blumen vor meiner Tür gekniet) und beschlossen, den Tag in meinem Zimmer zu verbringen. Sicher war sicher. Doch zuerst musste ich meine Beschwörungsstunde überleben und dies war in Anbetracht der Tatsache, dass Professor Dylane mich stets musterte, als könnte ich etwas aushecken, nicht gerade angenehm. Zumindest schaffte ich es, mit der Grinsekatze Kontakt aufzunehmen, ohne unheimliche Schmerzen zu erleiden. Meine Rettung kam in Form einer schlechten Nachricht, die

ausgerechnet von den zwei Vampirinnen ange-
schleppt wurde.

Professor Dylane musterte die beiden argwöh-
nisch, doch sie hielt sich zurück. Stattdessen be-
grüßten sie sich mit einem Knicks.

»Wir stören nur sehr ungern Ihren Unterricht,
Professor Dylane«, begann Hope und erhob sich
als Erstes, »aber es ist ein Notfall. Es geht um den
Zombie.«

Sofort hatten die Schwestern meine Aufmerksamkeit erlangt und ich sah Professor Dylane
fragend an. Sie hielt meinem Blick einen Moment
stand, dann erhob sie ihren Arm und brachte die
Zwillingsschwestern zum Schweigen.

»In Ordnung, zeigt mir, wo er ist.« Sie warf mir
einen letzten Blick zu, dann lief sie davon.

»Professor! Was ist los? Kann ich mit?«, rief ich
ihr hinterher, doch sie reagierte nicht. Ich seufzte.
Scheinbar war dies ihre Art »Nein« zu sagen.
Dennoch ließ mich dieses schlechte Gefühl einfach nicht los. Warum verschwieg man mir den
Zustand von Sam? War nicht ich es gewesen, der
ihn erst an diese Schule gebracht hatte? Ich konnte einfach nicht zusehen, wie es ihm schlecht
ging, und im unwissenden Zustand bleiben.
Deshalb nahm ich sprichwörtlich meine Beine in
die Hand und folgte ihr möglichst unauffällig.
Der Anblick, der sich mir bot, war grausam. Sam

lag auf dem Schlosshof, Blut bedeckte sein T-Shirt und rann von seinem Mund herab. Die Vampirschwestern warfen sich einen Blick zu, dann verschwanden sie. Professor Dylane war sofort an seiner Seite und checkte seine Atmung, untersuchte seinen Plus und brachte ihn in die stabile Seitenlage, dann sprühte sie grüne Funken in den Himmel. Es war mir nicht möglich, zu vernehmen, was sie zu Sam sprach, aber er krümmte sich und schrie vor Schmerzen auf.

Es schmerzte, ihn, so zu sehen. Es war, als würde alles, das er erlitt, auf mich zurückprallen. Ich konnte beobachten, wie Professor Shadow aus einer dunklen Wolke heraustrat und sich neben Professor Dylane kniete. Er stieg in ihren Singsang ein und ich war beruhigt. So wie es von der Ferne aussah, konnten sie Sam retten, immerhin wirkte es ziemlich professionell, wie sie sich durcharbeiteten, doch die Angst blieb. Wir kannten uns so lange. Ich wollte ihn nicht verlieren. Nie wieder würde ich ihn schnarchend auf seinem Bett sehen. Ihm den Kopf tätscheln, wenn er etwas gut gemacht hatte. Und tatsächlich erhob sich Sam kurz darauf und steuerte geradewegs auf mich zu. Professor Dylane lächelte sanft in Professor Shadows Richtung, dann verschwand sie in einem Sturm aus Schneeflocken, während Professor Shadow ihr kopfschüttelnd folgte.

Ich stellte mich Sam in den Weg, doch er ignorierte mich und ging an mir vorbei, ohne mich wahrzunehmen. Es war, als wäre er nicht wirklich anwesend. Ohne lange zu zögern, stürmte ich ihm hinterher.

Als ich unser Schlafzimmer betrat, sah er mich mit traurigen Augen an, beinahe so, als würde er mir etwas sagen wollen. Vorsichtig ließ ich mich neben ihm auf das Bett sinken, als er erneut zu husten begann. Er zitterte und ich zog ihn näher an mich, während ich ihm über den Rücken strich.

»Was ist nur los mit dir?«, fragte ich vorsichtig und zog die Decke sanft um uns, während Sam sich an mich kuschelte. Er antwortete mir nicht – natürlich nicht – doch sein Husten sprach Bände. Es war schlimmer geworden, aber wie? Sie hatten ihn doch geheilt? Oder hatten sie es nicht vollständig geschafft? Warum nicht? Ich dachte, sie wollten ihm helfen und nicht umbringen! Und selbst wenn, warum? Was war ihr Ziel? Ihr Tatmotiv? Was sollte ich nur tun, wenn er wieder Blut spuckte? Ich brauchte Hilfe, bevor es zu spät war, doch wen sollte ich fragen? Wer kannte sich damit aus?

»Scheiße«, fluchte ich lautstark, was Sam zusammenzucken ließ.

»Sorry«, nuschelte ich in seine Richtung und vernahm ein Räuspern hinter mir.

»Du solltest nicht fluchen. Vor allem nicht, wenn du versuchst, blauzumachen, das klappt nicht so gut, verstehst du?« Ein süffisantes Grinsen umspielte Dalexs Lippen und ich warf einen düsteren Blick in seine Richtung. Was hatte er hier zu suchen? Sollte er nicht im Unterricht sein?

»Was ist? Du siehst kreidebleich aus. Ist etwas mit Sam?«, fragte er vorsichtig nach und ich nickte. Dalex war zwar definitiv nicht die Hilfe, die ich mir erhofft hatte, aber ich würde wohl mit ihm vorliebnehmen müssen. Außerdem ging es hier nicht um uns und unsere Differenzen. Es ging um Sam.

»Er hat Blut gespuckt«, flüsterte ich und ich war mir nicht sicher, ob es nicht schon zu spät war. Dalex sah mich besorgt an, dann legte er mir eine Hand auf die Schulter.

»Geh zu ihm, ich hole etwas«, antwortete er, dann war er verschwunden.

Sam lag schnaubend und schwitzend im Bett und sah mich abwartend an. Automatisch legte ich meine Hand an seine glühend heiße Stirn. Einige Hautstellen sahen ungesund bräunlich aus. Nicht, dass dieses arg blasse Fastgrau normal war. Es war beinahe so, als würde er verfaulen. Was war nur los mit ihm? Das war doch keine normale Erkältung? Ich fuhr über die Haut und schloss die Augen. Vielleicht konnte ich ja irgendetwas spüren. Meine Oma hatte mir einmal gesagt, dass man Magie und Flüche pulsieren fühlen konnte, aber ich fühlte nichts. Ich tippte darauf, dass Professor Dylane und Professor Shadow ihn verflucht hatten. Immerhin hatte mich die Grinsekatze gewarnt und Professor Shadow war Tränkemeister, er kannte sich aus. Doch warum? Welchen Nutzen hatten sie davon? Was war ihr Ziel?

»Es sieht aus, als würde er verfaulen. Als würde ihn etwas von innen auffressen«, diagnostizierte Dalex mit einem Blick auf Sam, dann zog er einen Trank aus seiner Tasche. Skeptisch beäugte ich die silberglänzende Flüssigkeit in der Flasche. »Was ist das?« Man konnte das Misstrauen in meiner Stimme kaum überhören. »Was ist was?«, fragte Dalex seelenruhig, während er die Flasche öffnete und sich damit Sam näherte.

Alarmiert griff ich ein. »Halt! Sag mir erst, was das ist«, entgegnete ich und funkelte ihn böse an. »Snow, hör auf, wir haben keine Zeit für diese Spielchen.«

»Spielchen? Sag mir, was das ist. Du könntest ihn ja vergiften.« Dalex schnaubte empört.

»Du vertraust mir nicht«, stellte er fest und ich nickte. Er hatte vollkommen recht, ich vertraute ihm nicht. Wollte ihm nicht vertrauen. Er war selbst schuld, denn es war sein Rat gewesen. Vertrauen konnte man nur jemanden, der ehrlich zu einem war. Und das war er nicht.

»Nun gut. Wie du willst. Das ist Einhornblut. Sehr selten, aber ich habe mich schlau gemacht, immerhin will ich dir ja helfen. Sam wurde von einem starken Fluch getroffen. Das ist der Grund für seine Verwandlung in einen Zombie. Auf Dauer schwächt dieser Fluch aber sein Immunsystem. Wenn er leben will, bleibt ihm nichts anderes übrig, als alle paar Wochen ein Einhorn zu verspeisen je wie gut er es aufnimmt, vielleicht sogar täglich«, erklärte er und sah mich abschätzend an. Was zur Hölle hatte er vor? Ich konnte Sam nicht täglich ein Einhorn zum Fraß vorsetzen. Einhörner waren heilige Wesen. Eines zu töten wurde mit einer verdammt langen Strafe im Zaubergefängnis verhandelt.

»Kann ich jetzt oder soll ich ihn sterben lassen?«, fragte er forsch, doch ich wusste, dass er sich nur Sorgen um ihn machte. Sam ging die Zeit aus. Also nickte ich und trat zur Seite, während er begann, sich um Sam zu kümmern. Jeder Handgriff seinerseits stimmte. Es schien, als wüsste er genau, was er tat. Sam bäumte sich auf, als er den Trank einnahm, doch es begann zu wirken. Dalex murmelte beruhigende Worte, dann schloss Sam die Augen und blieb ruhig liegen. Eine hauchzarte silberne Aura umgab ihn.

Ängstlich blickte ich zu Dalex. War er etwa …
»Keine Sorge, er ist nur müde. Am besten lässt
du ihn schlafen. Wenn er tot wäre, würdest du es
doch spüren, oder? Die Seelen kommunizieren
mit dir«, erklärte er und ich nickte. Wir waren
uns ähnlicher, als ich geglaubt hatte.

Dalex fraß die Seelen und machte sich ihre Stärke
zu eigen. Mein Job war es, irgendwann die Seelen zu retten und in das Totenreich hinüber zu
geleiten. Doch die Seelen waren unsere gemeinsame Verbindung. Unser gemeinsames Schicksal.
»Was möchtest du dafür?«, fragte ich vorsichtig,
doch Dalex sah mich abschätzend an.

»Die Zeit, um diese Frage zu stellen, ist noch
nicht gekommen«, antwortete er und wandte
sich zur Tür. Ich hatte jedoch eine Ahnung, was
er damit sagen wollte. Und ich war nicht begeistert bei dem Gedanken daran.

»Du willst meine Seele, habe ich recht?«
Er drehte sich um und seine Augen leuchteten
beängstigend rot. Dann lachte er tief. So tief, dass
es unheimlich klang.

»Du bist ein Idiot, Snow. Wenn ich deine Seele
gewollt hätte, dann hätte ich sie mir schon längst
genommen. Ich wüsste, wie ich dich brechen
müsste.« Mit diesen Worten verließ er mein
Zimmer.

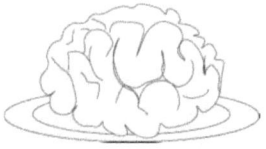

Kapitel 17

»Bei Zeus Namen, Snow! Wo warst du den ganzen Tag? Mir fallen langsam keine Ausreden mehr ein und Lila kann ein gigantisches Kameradenschwein sein, wenn sie will, weißt du das eigentlich? Sie hätte dich am liebsten bei jedem Lehrer verpetzt, wenn man sie nicht davon abgehalten hätte.« Jan hielt mir eine regelrechte Standpauke und Lila sah ihn böse an.

»Hätte ich gar nicht! Sam hat immerhin auch gefehlt! Und ich bin eben kein Fan davon, wenn man ohne Grund blaumacht. Dieser Dämon färbt auf dich ab, das ist nicht gut, Snow!«, entgegnete sie und Jan schnaubte.

»Vielleicht hatte er ja einen guten Grund«, verteidigte Jan mich. Ich seufzte tief. Das Ganze mochte recht ehrenhaft von Jan sein, aber dieser Streit war ja kaum noch zum Aushalten!

»Sam wäre heute beinahe gestorben«, warf ich daher ein und tatsächlich – die Streithälse sahen mich geschockt an. Immerhin hatte ich mein Ziel erreicht. Sie waren ruhig.

Also begann ich, ihnen die Geschichte zu erzählen, von dem Punkt an, als Hope und Faith den Unterricht gestört hatten, von der abweisen-

den Art von Professor Dylane und von Dalex Hilfe.

»Also noch mal zum Mitschreiben, Dalex hat dir geholfen, Sam zu retten? Ich meine, es ist ja echt nett von ihm, aber ich dachte, ihr beide habt derzeit irgendwelche Differenzen miteinander?«, entgegnete Jan und Lila zog nachdenklich ihre Augenbrauen zusammen. Scheinbar ahnte sie schon wieder eine dämonische Verschwörung.

»Schaut nicht so böse. Er hat ihm geholfen, aber viel freundlicher als sonst war er auch nicht zu mir«, erklärte ich und Jan zuckte mit den Schultern. Scheinbar war für ihn das Thema damit gegessen.

»Na ja, ist jetzt auch egal. Hauptsache Sam lebt, nicht wahr, Lila? Und ich finde, deine Gründe rechtfertigen dein Verhalten vollkommen.« Jan zwinkerte mir zu, dann stand er vom Tisch auf. Lila sah mich besorgt an.

»Wie geht es ihm denn? Wird er wieder? Kann ich dir irgendwie mit Sam helfen? Und Snow? Es tut mir leid. Ich hätte vielleicht erst einmal nachdenken sollen«, nuschelte sie und ich lächelte sie aufmunternd an. Ihr schien die Sache mit Sam nahezugehen. Kein Wunder, die beiden waren sich ohnehin nah.

»Du musst dich nicht entschuldigen. Es ist doch nichts passiert.«

Sie nickte und stand auf, während sie mir eine Hand auf den Arm legte.

»Ich weiß, ich wiederhole mich ständig, aber ich rate es dir trotzdem noch einmal. Halte dich von ihm fern. Er tut dir nicht gut.«

Dann verschwand sie in ihrem Zimmer. Ich begann, den Tag noch einmal zu reflektieren, doch aus Dalex Verhalten wurde ich einfach nicht schlau. Warum handelte er so?

»Worüber zerbrichst du dir schon wieder deinen hübschen Kopf?«, vernahm ich Dalex Stimme hinter mir. Woher kam er schon wieder? Vorsichtig drehte ich mich zu ihm um. Er lehnte lässig am Kühlschrank, die dunkle Lederjacke über dem Arm, und mit auffordernden Blick in meine Richtung.

»Warum du das Ganze tust. Erst machst du mir Hoffnungen, dann lässt du mich fallen wie eine heiße Kartoffel, und selbst jetzt, wo ich sauer auf dich bin, siehst du unheimlich sexy aus. Und das Schlimmste daran ist, dass ich nicht weiß, welchen Nutzen du darin siehst, mich zu verwirren.«

»Musst du alles, was ich tue, infrage stellen? Macht man das bei den Menschen so? Ich dachte ihr hättet ein Urvertrauen in alles und jeden. Warum vertraust du mir nicht?«, antwortete er mit einer Gegenfrage, die sogar gerechtfertigt war.

Dennoch schüttelte ich den Kopf. Das war doch total widersprüchlich! Hatte er nicht zu mir gesagt, ich sollte ihm nicht vertrauen? Warum wollte er es jetzt ausgerechnet wiederhaben? Warum war er nur so kompliziert?

»Ich erinnere mich vage daran, dass ein Dämon mal zu mir sagte, ich solle nichts und niemanden trauen. Nicht einmal ihm. Jetzt befolge ich seinen Rat und nun ist es dem Herren Dämon wieder nicht recht«, knurrte ich sichtlich genervt und er lachte amüsiert. Scheinbar fand er das ganze unheimlich lustig.

»Hast du morgen Abend was vor?«, fragte er und sah mich abwartend an.

»Falls du mich fragen willst, ob ich auf den Ball gehe: Nein, danke. Kein Bedürfnis. Solltest du auf die noch viel bescheuertere Idee kommen, dass ich mit dir gehe, so tut es mir leid. Ich habe selbst Jan gekorbt.« Dalex lachte erneut. Was war daran so witzig?

»Ich dachte eigentlich an ein Date im Wald mit Einhörnern. Du, Sam und ich. Er braucht das Blut, um zu genesen. Also morgen nach dem Mittagessen?«, fragte er und streckte mir seine Hand entgegen. Ich wog meine Alternativen ab, doch wenn ich sein Angebot ausschlug, wer sagte mir dann, dass Sam auch wirklich sein Einhorn bekam? Also warum sollte ich dann nicht

meine Halloweennacht mit einem Dämon verbringen.

Vielleicht war es der Reiz des Verbotenen. Ein
Einhorn zu töten, war ein Verstoß gegen das Ge-
setz. Jedem, der dabei erwischt wurde, drohte
der qualvolle Tod im Zaubergefängnis.

Scheinbar wurden Zauberer, die das Blut tran-
ken, unsterblich und dadurch Jahre lang gequält.
Sie verhungerten, verdursteten, doch ihr Körper
starb nie. Die Seele brach, doch der Körper
schien ewig zu leben. Eine unschöne Zukunft,
und doch machte ich mich alleine deshalb straf-
bar, weil ich ihm half. Ich beschloss, nachzufor-
schen. Dalex schien hingegen genau zu wissen,
dass ich ihm folgen würde, denn ein wissendes
Grinsen umspielte seine Lippen. Dann ging er in
sein Zimmer und ich seufzte tief.

Stundenlang forschte ich nach. Die Strafen waren
verheerend, doch selbst in einigen Büchern in
der Bibliothek fand ich Informationen dazu, dass
Sam nur mit dem Blut eines Einhorns überleben
konnte. In was für eine Scheiße hatte ich mich
nur wieder hineingeritten?

Ich suchte mein Zimmer auf und warf einen
Blick auf Sam. Nichts wünschte ich mir sehnli-
cher als den Rat meiner Oma. Ob ich es riskieren
sollte? Eine Beschwörung, in der Hoffnung auf

Antworten? Ich riskierte es.

Meine Gedanken wanderten zu meiner Großmutter und ich konzentrierte mich darauf, dass
ich sie sehen wollte. Unbedingt. Die Kälte war
zum Greifen nahe. Wenn ich eine Tote sehen
wollte, dann sie.

Ich spürte den Schmerz, der inzwischen ein
ständiger Begleiter, geworden war und aus dem
Nebel formte sich die Silhouette meiner Oma
und nahm immer mehr Gestalt an. Sie schob ihre
Brille zurück und lächelte mich an. Selbst tot sah
sie immer noch sehr gut aus für ihr Alter. Eine
nette, alte, wissende Frau, die mir so vertraut
war.

»Guten Abend, Snow. Du riefst nach mir. Wie
kann ich dir helfen?« Eine Träne der Erleichterung fand ihren Weg über meine Wange.

»Warum geschieht das alles, Oma? Sam ist ein
Zombie, ich bin magisch und du hattest immer
gesagt, ich wäre es nicht. Ich habe so viele Fragen
und keine Antwort darauf«, klagte ich und sie
lächelte mich aufmunternd an.

»Das Schicksal hält stets die Fäden in der Hand.
Sie bestimmt, was geschieht und was nicht.
Wenn es ihr Wunsch war, so kann es keiner ändern. Halte dich immer an das Schicksal. Sie
wird dir den Weg ebnen.« Ich seufzte. Schon
wieder dieses Schicksal. Was hatten sie alle mit
dem Schicksal? Welche Rolle spielte es?

»Oma, was hat das Schicksal damit zu tun?«, fragte ich sie und ihr Lächeln erstarb.

»Einst war sie ein Mensch wie du, dann starb sie und nahm das Erbe eines uralten Volkes an. Sie ist die Einzige, die weiß, was die Zukunft bringt. Allein sie bestimmt über das Leben und den Tod. Allein sie kann dir Antworten auf deine Fragen geben. Ich bin nur eine alte Frau. Sie wird dich bald aufsuchen. Vertraue mir.« Ihr Bild wurde milchiger und ich versuchte, nach ihr zu greifen. Verdammt, sie konnte doch nicht jetzt verschwinden!

»Oma! Bleib da!«, flehte ich, doch sie war bereits verschwunden und mit ihr die Kälte.

Sam sah mich müde an, scheinbar hatte er nicht verstanden, was passiert war, und ich seufzte. Vielleicht war es besser so.

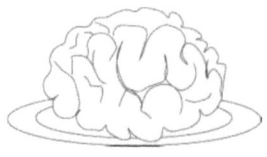

Kapitel 18

Irgendwie erinnerte mich unsere Nacht und Nebelaktion am Halloweenabend an einen schlechten Horrorfilm. Ein Dämon, Zombie und ein Totenbeschwörer die sich nachts vom Schulgelände schlichen, um Einhörner zu töten. Wäre doch eine nette Romanidee für Stephan King, Fluch des Todes oder so?

Mein einziger Lichtblick an diesem Abend war, dass wir uns von unserem Haushalt leichter davon schleichen konnten. Jan hatte scheinbar einen Sensor, der ihm immer verriet, wenn ich etwas vorhatte und Lila war durchgehend eine Beobachterin, die sich einem sofort in den Weg stellte. Ein Problem, das sich aber heute erübrigte, da sie auf dem Ball waren.

Schweigend folgten Sam und ich Dalex hinaus in die anbrechende Nacht. Sam torkelte leicht, er schien jedoch bei Kräften zu sein.

Hin und wieder wanderte mein Blick zu Dalex, der mit den Händen in der Jackentasche neben mir herging. Wir sprachen nicht miteinander. Es war vermutlich sogar besser so. Er schien mir helfen zu wollen und ich war bereit, diese Hilfe anzunehmen. Aber deshalb musste ich ihm ja nicht gleich vertrauen. Wir erreichten den Waldrand, als Dalex mich zurück hielt. Fragend sah ich ihn an, doch er zeigte mir mit einer Handbewegung, dass ich schweigen sollte. Dann drehte er sich um und sah zurück.

»Wir werden verfolgt. Zeig dich!«, rief er in den Wald und ich suchte meinen Schutz an Sams Arm. Hinter einem Baum raschelte etwas, dann trat eine Gestalt aus dem Schatten. Dalex entspannte sich sichtlich, als er Jan erkannte, gab seine Verteidigung jedoch nicht ganz auf.

»Du folgst uns? Findest du das nicht etwas armselig, wenn man sich verstecken muss?«, fragte er und seine Stimme gleich einem dunklen Knurren, doch Jan gab sich unbeeindruckt. Schulterzuckend gesellte er sich zu uns.

»Ich weiß nicht, was ihr vorhabt, aber ihr wollt das Schulgelände verlassen und allein das ist schon ein Regelbruch. Ihr könntet von der Schule verwiesen werden. Ist euch das etwa egal?«, entgegnete er und sein Blick schien mich zu durchdringen. Augenblicklich wurde mir schlecht und ich fühlte mich schuldig. Jan war ein Freund. Ich wollte und sollte ihn nicht anlügen, aber das hier war eine Sache die ihn nichts anging. Es ging um etwas Wichtigeres als um einen Schulverstoß. Es ging um Leben und Tod.

»Und du willst uns aufhalten?«, vernahm ich die kalte Stimme von Dalex, was Jan schnauben ließ.

»Das sage ich ja gar nicht. Nicht, dass es mir sonderlich schwerfallen würde. Es wäre mir ein leichtes, dich aufzuhalten, das weißt du, Dalex. Nein, ich denke eher ich werde eure Party verstärken. Vielleicht braucht ihr jemanden der euch den Arsch rettet oder zumindest Snow vor dir rettet. Also wohin gehen wir?«, erwiderte er und ich lächelte sanft.

Ich legte meine Hand auf Dalex angespannten Arm und lehnte mich sanft an ihn.

»Beruhige dich. Er wird dich nicht umbringen. Ich vertraue ihm«, flüsterte ich und er schien sich tatsächlich leicht zu beruhigen.

»Okay«, hauchte er, dann folgte er mir geradewegs in den Wald.

Jan wich mir nicht mehr von der Seite. Misstrauisch starrte er auf Dalex Rückseite, der zusammen mit Sam die Vorhut bildete. Er wusste scheinbar genau, wohin wir gehen mussten. Ein kaum hörbares Seufzen verließ meine Lippen. Sein Weg führte uns direkt zu einer malerischen Lichtung auf der eine Herde Einhörner grasten. Jan schien sofort zu schalten, während ich mir eher Gedanken darum machte, woher Dalex schon wieder wusste wo er sie finden würde. Doch Jans Finsterer Blick war kaum zu übersehen, als er realisierte was unser Vorhaben war.

»Er hat doch nicht etwa vor«, begann er und wollte bereits eine Flut an Schimpftiraden auf Dalex herabprasseln lassen, als ich ihn behutsam am Arm zu mir zog.

»Es ist okay, Jan. Er will nur verhindern, dass Sam stirbt. Er braucht das Blut«, erklärte ich und Jan nickte, schien jedoch nicht begeistert zu sein.

»Snow, ich weiß, dass du ihn retten willst. Aber es ist verboten. Wir könnten in Teufelsküche dafür kommen«, knurrte er sichtlich genervt und ich sah ihn bittend an. Er seufzte tief, hielt es dann aber doch für sinnvoller nicht mehr darüber zu reden. Scheinbar hatte er genauso wenig Lust auf eine Diskussion wie ich.

Stattdessen blickte er kurz auf Sam, der sich gerade an einem Einhorn nährte.

Es war wie in einem Zwiespalt. Ich wollte ihm nicht dabei zusehen, wie er eines dieser Wesen tötete. Und doch hielt mein Blick stand.

Mit einer unbekannten Eleganz sprang Sam auf den Rücken eines dieser wunderschönen Wesen und zog es auf den Boden. Seine Fingernägel gruben sich in das Fleisch des Einhorns und ehe ich meinen Blick abwenden konnte, biss er hinein. Ein letztes, trostloses Wiehern erklang, dann vernahm man nur noch das Schmatzen von Sam.

»Wird er dadurch unsterblich?«, fragte ich Dalex und er grinste leicht. »Das weiß keiner so genau. Bei Zombies schlägt die Magie der Einhörner unterschiedlich an. Aber eines ist gewiss, es wir sein Leben auf jeden Fall verlängern.« Jan schnaubte, dann drehte er sich zu uns um. »Können wir langsam zurück? Ich will nicht, dass unsere Abwesenheit bemerkt wird. Außerdem« - er gähnte herzhaft - »ist es langsam Zeit für das Bett.« Ich nickte und rief nach Sam, den eine leicht silberne Aura umgab. Er sah kräftiger aus. Vielleicht sollte ich Dalex doch vertrauen. Scheinbar wusste er ja, was er tat.

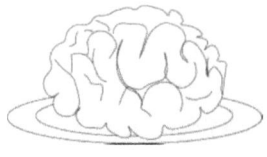

Irgendwie erinnerte mich unsere Nacht- und Nebelaktion am Halloweenabend an einen schlechten Horrorfilm. Ein Dämon, ein Zombie und ein Totenbeschwörer, die sich nachts vom Schulgelände schlichen, um Einhörner zu töten. Wäre doch eine nette Romanidee für Stephan King, Fluch des Todes oder so?

Mein einziger Lichtblick an diesem Abend war, dass wir uns aus unserem Haushalt leichter davonschleichen konnten. Jan hatte scheinbar einen Sensor, der ihm immer verriet, wenn ich etwas vorhatte, und Lila war durchgehend eine Beobachterin, die sich einem sofort in den Weg stellte. Ein Problem, das sich aber heute erübrigte, da sie alle auf dem Ball waren.

Schweigend folgten Sam und ich Dalex hinaus in die anbrechende Nacht. Sam torkelte leicht, er schien jedoch bei Kräften zu sein.

Hin und wieder wanderte mein Blick zu Dalex, der mit den Händen in der Jackentasche neben mir herging. Wir sprachen nicht miteinander. Es war vermutlich sogar besser so. Er schien mir helfen zu wollen und ich war bereit, diese Hilfe anzunehmen. Aber deshalb musste ich ihm

ja nicht gleich vertrauen. Wir erreichten den Waldrand, als Dalex mich zurückhielt. Fragend sah ich ihn an, doch er deutete mir mit einer Handbewegung an, dass ich schweigen sollte. Dann drehte er sich um und sah zurück.

»Wir werden verfolgt. Zeig dich!«, rief er in den Wald und ich suchte meinen Schutz an Sams Arm. Hinter einem Baum raschelte etwas, dann trat eine Gestalt aus dem Schatten. Dalex entspannte sich sichtlich, als er Jan erkannte, gab seine Verteidigung jedoch nicht ganz auf.

»Du folgst uns? Findest du das nicht etwas armselig, wenn man sich verstecken muss?«, fragte er und seine Stimme glich einem dunklen Knurren, doch Jan gab sich unbeeindruckt. Schulterzuckend gesellte er sich zu uns.

»Ich weiß nicht, was ihr vorhabt, aber ihr wollt das Schulgelände verlassen und allein das ist schon ein Regelbruch. Ihr könntet von der Schule verwiesen werden. Ist euch das etwa egal?«, entgegnete er und sein Blick schien mich zu durchdringen. Augenblicklich wurde mir schlecht und ich fühlte mich schuldig. Jan war ein Freund. Ich wollte und sollte ihn nicht anlügen, aber das hier war eine Sache, die ihn nichts anging. Es ging um etwas Wichtigeres als um einen Schulverstoß. Es ging um Leben und Tod.

»Und du willst uns aufhalten?«, vernahm ich die kalte Stimme von Dalex, was Jan schnauben ließ.

»Das sage ich ja gar nicht. Nicht, dass es mir sonderlich schwerfallen würde. Es wäre mir ein Leichtes, dich aufzuhalten, das weißt du, Dalex. Nein, ich denke eher, ich werde eure Party verstärken. Vielleicht braucht ihr jemanden, der euch den Arsch rettet oder zumindest Snow vor dir rettet. Also wohin gehen wir?«, erwiderte er und ich lächelte sanft.

Ich legte meine Hand auf Dalex angespannten Arm und lehnte mich sanft an ihn.

»Beruhige dich. Er wird dich nicht umbringen. Ich vertraue ihm«, flüsterte ich und er schien sich tatsächlich leicht zu beruhigen.

»Okay«, hauchte er, dann folgte er mir geradewegs in den Wald.

Jan wich mir nicht mehr von der Seite. Misstrauisch starrte er auf Dalex, der zusammen mit Sam die Vorhut bildete. Er wusste scheinbar genau, wohin wir gehen mussten. Ein kaum hörbares Seufzen verließ meine Lippen. Sein Weg führte uns direkt zu einer malerischen Lichtung, auf der eine Herde Einhörner grasten. Jan schien sofort zu schalten, während ich mir eher Gedanken darum machte, woher Dalex schon wieder wusste, wo er sie finden würde. Doch Jans finsterer Blick war kaum zu übersehen, als er realisierte, was unser Vorhaben war.

»Er hat doch nicht etwa vor …«, begann er und wollte bereits eine Flut an Schimpftiraden auf Dalex herabprasseln lassen, als ich ihn behutsam am Arm zu mir zog.

»Es ist okay, Jan. Er will nur verhindern, dass Sam stirbt. Er braucht das Blut«, erklärte ich und Jan nickte, schien jedoch nicht begeistert zu sein.

»Snow, ich weiß, dass du ihn retten willst. Aber das ist verboten. Wir könnten in Teufels Küche dafür kommen. Ein Einhorn zu töten ist eine Straftat, weißt du überhaupt, warum man sie nicht töten darf? Sie sind die reinsten Wesen der Welt. Sie bringen Glück und steuern das Leben. Sie sind ohnehin beinahe ausgelöscht und sie erinnern uns daran, dass das Böse niemals siegen darf. Du kannst das nicht zulassen!«, keuchte er panisch und ich sah ihn bittend an. Er seufzte tief, hielt es dann aber doch für sinnvoller, nicht mehr darüber zu reden. Scheinbar hatte er genauso wenig Lust auf eine Diskussion wie ich.

Stattdessen blickte er kurz auf Sam, der sich gerade einem Einhorn nährte.

Es war ein Zweispalt. Ich wollte ihm nicht dabei zusehen, wie er eines dieser Wesen tötete. Und doch hielt mein Blick der Szenerie stand.

Mit einer mir bisher unbekannten Eleganz sprang Sam auf den Rücken eines dieser wunderschönen Wesen und zog es auf den Boden. Die Horde rannte panisch davon und ich sah diesen wunderbaren Geschöpfen nach. Dieses Einhorn in Sams Händen war zu langsam gewesen. Seine Fingernägel gruben sich in das Fleisch des Einhorns und ehe ich meinen Blick abwenden konnte, biss er hinein. Ein letztes, trostloses Wiehern erklang, dann vernahm man nur noch das Schmatzen von Sam.

»Wird er dadurch unsterblich?«, fragte ich Dalex und er grinste leicht. »Das weiß keiner so genau. Bei Zombies schlägt die Magie der Einhörner unterschiedlich an. Aber eines ist gewiss, es wird sein Leben auf jeden Fall verlängern.« Jan schnaubte, dann drehte er sich zu uns um.

»Können wir langsam zurück? Ich will nicht, dass unsere Abwesenheit bemerkt wird. Außerdem«, er gähnte herzhaft, »ist es langsam Zeit für das Bett.«

Ich nickte und rief nach Sam, den eine leicht silberne Aura umgab. Er sah kräftiger aus. Vielleicht sollte ich Dalex doch vertrauen. Scheinbar wusste er ja, was er tat.

Kapitel 19

Der Höhepunkt einer jeden Woche war definitiv die Samstagsparty. Nachdem Sam sich erholt hatte, Dalex wieder in sein altes Verhaltensmuster gefallen war, und Jan es sich zur Lebensaufgabe gemacht hatte, mir auf den Nerv zu gehen, war ich unheimlich froh, sobald der Samstag nahte. Wenn man die Tatsache außer Acht ließ, dass Jan eine unheimliche Nervensäge sein konnte, hatte es jedoch so einige Vorteile, einen Halbgott als Beschützer zu haben. Mal davon abgesehen, dass seit der Halloweennacht Wetten herumgingen, mit welchem der Jungs ich jetzt etwas hatte. #Team Snowlex. #Team Snan.

Ich schüttelte bei dem Gedanken an die Dummheit unserer Clanmitglieder (und damit spielte ich besonders auf Felix, Jamie und Wanda an. Lila befürwortete #Team Snan) den Kopf. Und dennoch wollte ich mit diesen Menschen meinen Samstagabend verbringen.

Seit der Halloweennacht war die Zeit wie im Flug vergangen. Klassenarbeiten wurden geschrieben, mein Talent für die Fächer, die mit Pflanzen zu tun hatten, sank stetig, während ich meine Erfolge gerade in Menschenkunde und Geschichte der Magie und Zauberei erzielte.

In Literatur hatten die Probenarbeiten begonnen, und ich hatte das Gefühl, dass Alec aus jeder Niete einen Star machen konnte, wenn Jamie nicht als Erzähler und Sohn des Luzifers gerade mit der Pyro die Bühne in Brand steckte.

Inzwischen nahte Weihnachten und ich war grundsätzlich recht begeistert von meinem Schulleben, wären da nicht meine geliebten Vampirschwestern gewesen, die mir das Leben gerne zur Hölle machten. Sie nutzen jede Möglichkeit, um mich zu schikanieren und Dalex beäugte das Verhalten seiner zwei Kameradinnen nur mit einem Augenrollen und Schulterzucken. Scheinbar war es ihm egal, wie ich mich fühlte. Aber was erwartete ich auch? Lila hatte recht. Dämonen waren hinterhältige Aasgeier und ich nahm mir vor, ihm aus dem Weg zu gehen. Allerdings war Dalex doch irgendwie anders. Zumindest gab es Momente, in denen ich es glaubte.

Ich betrat das Wohnzimmer, wo mich Felix bereits begrüßte. Die Jungs waren bereits versammelt, Dalex saß auf der Fensterbank und beobachtete das Ganze aus sicherer Entfernung. Seufzend ließ ich mich neben Jan sinken, der begeistert an den Chips knabberte.

»Es ist Wahnsinn, wie die Zeit vergeht! Ich kann es gar nicht fassen, wie gut meine Noten dafür sind, dass ich nie lerne. Mal davon abgesehen, dass die Lehrer mich vermutlich hassen. Irgendwie fühlt es sich komisch an, über Weihnachten nach Hause zu fahren und wieder in den langweiligen Sitzungen im Olymp teilzunehmen.« Jan war in seinem typischen Labermodus versunken und ich schloss für einen Moment die Augen. Nach Hause. Endlich wieder meine Mutter sehen, alte Bekannte treffen und Weihnachten im Kreis meiner Familie verbringen. Eigentlich hätte ich vor Freude in die Luft springen sollen, aber irgendwie fühlte es sich verkehrt an, zurückzukehren. Jetzt, wo hier doch mein Zuhause war.

»Was spielen wir denn heute, Jan?«, fragte Jamie neugierig. Jan grinste selbstsicher in unsere kleine Runde.

»*Sieben Minuten im Himmel*. Ich liebe dieses Spiel! Hoffentlich lande ich mit einer der Vamps im Schrank. Dann könnten sie etwas ganz anderes saugen als Blut.«

Ich verschluckte mich an meiner Cola und blinzelte die Tränen weg. Was zur Hölle ging in Jans Kopf vor? Ein Blowjob im Schrank mit Hope oder Faith? Was im Teufelsnamen dachte er sich dabei? Die beiden hatten doch Zähne!

Mir war klar, dass Jan die Vampirschwestern anziehend fand, aber eine solche Aussage aus seinem Mund? Ich verstand die Welt nicht mehr.

Dalex lachte jedoch leise. Scheinbar war er entweder über Jans Aussage amüsiert, oder er fand meinen Gesichtsausdruck zum Schießen. Ich für meinen Teil hoffte eher auf das Erste.

»Guten Abend die Damen!«, begrüßte Felix zusammen mit Jamie die übrigen Clanmitglieder, die sich sogleich auf die Sitzkissen niederließen. Dann ging die Flasche mit dem Whiskey herum. Erst als der allgemeine Alkoholpegel die Mindestgrenze erreicht hatte, wurden die Regeln erklärt. Zwei Personen, die unsere leere Flasche heraussuchen würde, mussten sieben Minuten im Schrank von Jan eingesperrt werden. Was sie in diesen sieben Minuten miteinander anfingen, blieb ihnen selbst überlassen. Ich ahnte bereits, dass dieses Spiel böse Züge annehmen konnte und sicherlich auch tun würde.

Das erste durch die Flasche zusammengebrachte Pärchen wurden Hope und Wanda. Applaus hallte durch das Wohnzimmer und kurz darauf waren die beiden Frauen verschwunden. Allein Faith war es, die dämlich vor sich hin grinste und einen weiteren Kurzen becherte. Ich schätze, dass sie etwas spürte. Vampirgeschwister konnten scheinbar gegenseitig ihre Schwingungen und Stimmungen spüren, bei einer Prägung sogar Gedankenlesen.

Während der Rest der Gruppe darüber spekulierte, was im Schrank passierte, floss der Alkohol in Massen. Erst nach exakt sieben Minuten holte Jan die beiden Frauen aus seinem Schrank heraus. Eine leichte Röte lag auf Wandas Lippen und ihr Haar war zerzaust. Außerdem glaubte ich für einen Moment, eine Bissspur zu erkennen. In meinem Kopf herrschte Kino. Wanda, die von Hope geküsst wurde und deren Zähne sich in ihren Hals bohrten. Ich schüttelte den Kopf. Es war nicht meine Sache, ob Wanda gerne Kühlschrank spielte.

Hope drehte derweil die Flasche. Wie zu erwarten blieb sie auf Faith stehen, die elegant ihr Schicksal besiegelte. Im Nachhinein glaubte ich immer noch, dass sie etwas an diesem Abend daran gedreht hatte, denn rotierend blieb die Flasche bei ihrem zweiten Lauf auf Jan stehen, der dreckig grinste. Wie konnte man nur so viel Pech haben. Doch Jan schien das Ganze mehr als locker zu sehen. Sofort war er auf den Beinen und hakte sich bei Faith unter.

»So meine Lieben, ich zeig euch gleich, wie man in sieben Minuten sieben Orgasmen erleben kann, nicht wahr, Babe?« Seine Hand klatschte äußerst rüpelhaft auf den Hintern der Vampirin. Diese grinste listig in die Richtung ihrer Schwester und ich glaubte, für einen Moment ein Zwinkern von Hope zu bemerken. Sie würden ihn übers Ohr hauen. Da war ich mir sicher.

Doch bevor ich meine Befürchtung kundtun konnte, waren sie bereits verschwunden.

»Hoffentlich zeigt sie ihm, wer der Boss ist. Schwätzer«, lachte Felix und lehnte sich zurück. Hope grinste, während sie langsam den Kopf schüttelte.

»Ich würde behaupten, sie zeigt ihm gerade, dass er den Mund nicht mehr so voll nehmen sollte«, erklärte sie und mir lag schon die Frage auf den Lippen, was sie damit sagen wollte, als ich ein panisches Kreischen vernahm. Äußerst weiblich für einen sonst so stattlichen Mann wie Jan, sollte ich hinzufügen.

Das Bild, das sich uns bot, war göttlich. Jan kam aus dem Zimmer gesprintet. Eine kleine schwarze Fledermaus folgte ihm und huschte geschickt in seine Jeans. Wie als wäre der Boden ein Bett aus Lava und heißen Kohlen, hüpfte er von einem Fuß auf den anderen und amüsierte dabei die gesamte Partygemeinde. Er hatte es nicht anders verdient und wenn ich ehrlich war, war Faiths Rache noch äußerst human. Die Fledermaus huschte aus einem Hosenbein heraus und drehte elegant um, damit sie ihren Platz an Hopes Seite einnehmen konnte. Die Fledermaus verschwamm und Faith grinste diabolisch. Rache war sexy. Der Rest der Gruppe konnte sein Lachen nicht zurückhalten und so zog Jan sich schmollend zurück, was ihm noch mehr Gelächter einbrachte. Erst als sich der letzte beruhigt hatte und Stille hereinbrach, drehte Faith die Flasche. Sie landete auf Dalex, der unbeteiligt die Flasche drehte und schulterzuckend aufstand. Mein Herz schien für einen Moment stillzustehen, als ich realisierte, auf wen sie zeigte.

Auf mich.

»Nein«, flüsterte ich kaum merklich, doch das Grinsen der Zwillingsschwestern wurde breiter. Sie wussten, dass ich mich dagegen wehrte, mit ihm allein zu sein. Dalex schien jedoch genauso wenig begeistert zu sein wie ich, denn er knurrte kaum merklich in ihre Richtung, dann streckte er mir seine Hand entgegen. Genervt nahm ich sie und ließ mir von ihm auf die Beine helfen. Ich spürte die Blicke der anderen auf uns und folgte ihm. Dann wollten wir mal die sieben Minuten in der Hölle hinter uns bringen.

Charmant wie immer hielt er mir die Schranktür auf, zu der uns Jan geleitet hatte. Er grinste breit. Scheinbar war sein Date mit der Fledermaus bereits vergessen.

»Ihr habt sieben Minuten. Nutzt sie sinnvoll«, erklärte er, dann folgte Dalex mir in den Schrank hinein. Seufzend ließ ich mich an dem Holz herabgleiten. Hoffentlich würden diese sieben Minuten schnellstmöglich vorbei sein. Innerlich begann ich zu zählen. *Eins, zwei, drei …*

»Wollen wir reden?«, fragte er vorsichtig und ich überlegte einen Moment lang, den Kopf zu schütteln oder ihm gar zuzunicken, doch dann fiel mir auf, dass er es in der Dunkelheit vielleicht nicht sehen konnte. Daher blieb mir nichts anderes übrig, als den Mund zu öffnen.

»Von mir aus«, antwortete ich also und nun lag es an ihm, zu seufzen.

»Ich mag dich, Snow. Sonst würde ich dir nicht aus dem Weg gehen«, flüsterte er und ich schloss die Augen. Es war ohnehin dunkel, da brachte es sowieso nichts, sie geöffnet zu lassen.

»Und warum gehst du mir aus dem Weg? Was hindert dich daran, den Mut aufzubringen, mir zu sagen, was dich beschäftigt?«, entgegnete ich und meine Stimme klang brüchig. So ungern ich es zugab und so unwahrscheinlich es auch klingen mochte: Ich mochte ihn ebenfalls. Einst hatte ich ihm vertraut. Dann hatte er begonnen mich zu ignorieren. Das Ganze lang inzwischen Monate zurück und dennoch …

»Wenn ich dir sagen würde, dass ich dich liebe, würdest du mich dann für verrückt erklären?«, fragte er vorsichtig und ich griff nach meiner Hand.

»Kannst du denn schon von Liebe sprechen?«, erwiderte ich vorsichtig und er verstummte. Ich spürte seinen Daumen, der über meinen Handrücken strich.

»Punkt für dich«, murmelte er nach einer Weile, doch er ließ mich nicht los.

»Wie wäre es, wenn du mir einfach vertraust und wir uns über Weihnachten schreiben? Ich meine es ehrlich mit dir, Snow.« Seine Lippen berührten die Stelle, an der bis vor Kurzem sein Daumen geruht hatte und küsste sie. Ich unterdrückte ein wohliges Seufzen. Zum ersten Mal war ich froh, dass ich in einem dunklen Schrank festsaß. So konnte zumindest keiner sehen, wie mir die Röte ins Gesicht stieg. Ich spürte seine Finger an meiner Wange, sein Atem streifte mein Ohr, und ich erschauderte. Genau im selben Moment klopfte es an die Tür und unsere sieben Minuten im Himmel waren vorbei. Dalex stand auf, öffnete die Tür, sodass Licht auf mich schien. Dann warf er einen letzten Blick zu mir.

»Ich mag dich auch«, flüsterte ich kaum hörbar und ein Grinsen schlich über seine Lippen. Dann drehte er sich um und ging.

Ich brauchte einen Moment, um das Gespräch wirklich zu realisieren, erst dann folgte ich ihm ins Gelächter der anderen. Mein Blick fiel nach links zu der Stelle, wo Sam bis vor wenigen Minuten noch gesessen hatte. Doch besagter Platz war leer. Vorsichtig stieß ich Jan an, der bereits ziemlich angeheitert war.

»Was ist Snowibär, war's geil mit dem Dämon?«, lallte er und ich funkelte ihn böse an.

»Das ist jetzt nicht dein Problem«, knurrte ich und er lachte laut, sodass die Blicke der übrigen Clanmitglieder auf uns lagen. Besonders amüsiert musterte mich Dalex, doch es war mir egal. Jetzt, wo ich sowieso die gesamte Aufmerksamkeit meines Clans hatte, konnte ich sie auch direkt fragen. Vermutlich würde die Antwort von ihnen effektiver sein, als die von Jan in seinem jetzigen Zustand.

»Weiß einer von euch, wo Sam steckt?«, fragte ich und einige sahen mich an, als hätten sie einen Geist gesehen – an dieser Stelle fragte ich mich, wie sie wohl reagieren würden, wenn sie tatsächlich einen Geist sehen könnten – aber keiner brachte es zustande, mir eine Antwort zu liefern. Mein Blick wanderte durch die Runde.

Jan umklammerte die Sektflasche, als würde sein Leben davon abhängen, und warf hin und wieder eindeutige Blicke zu Dalex, die dann anschließend wieder zu mir wanderten. Es war mir vollkommen klar, was er mir damit sagen wollte. Jan war ein Halbgott und selbst im angeheiterten Zustand war er allwissend. Was nicht hieß, dass ich es gut fand, dass er dadurch genau wusste, dass wir es miteinander versuchen wollten. Außerdem wusste ich genau, dass Jan nicht begeistert davon war. Wanda sah mich unbeteiligt an. Sie trug einen dunklen Hut, von dem lange Federn abstanden und mich eher an eine Edeldame als an eine Hexe erinnerten. Felix schien zu überlegen und Jamie hielt sich charmant aus dem Ganzen heraus. Einzig Lila, die Zvamps (ich liebte diese Namensgebung!) und Dalex schienen sich wirklich Sorgen um Sam zu machen.

»Er wollte vorhin nach draußen«, rückte nun Hope mit der Sprache heraus. »Wohin er wollte konnte ich ja schlecht fragen. Ich spreche kein Zombisch«, fuhr Faith fort.

Ich warf einen Blick nach draußen. Es dämmerte bereits und ich wusste, dass Sam und einige andere Clanmitglieder die Sonne nicht sonderlich gerne mochten. Außerdem war mir nicht wohl dabei, ihn dort alleine zu wissen. Ich musste ihn suchen und das dringend. Dalex schien meine Gedanken zu lesen, denn er sprach genau das aus, was ich sagen wollte.

»Hope, Faith. Ich dulde keinen Widerpsruch, auch vom Rest nicht. Wir gehen ihn suchen.«

Ich war erstaunt, dass sich keiner beklagte. Stattdessen übernahmen Hope und Faith nickend das Kommando. Fackeln wurden verteilt und Jan kommandierte vom Esstisch aus, wer mit wem gehen sollte. Dabei wankte er bedrohlich zur Seite und hickste, während er die noch nicht brennende Fackel wie ein Schwert schwang und etwas von »Meine Damen, Herren und Halunken! Es ist Zeit, die Piraterie zu lieben! Stecht hinein ins rote Meer und rettet die Prinzessin!«, lallte. Ich musste mich beherrschen, nicht lachend vom Stuhl zu fallen. Er war vermutlich das schlechteste Kapitän-Jack-Sparrow-Double, das es auf der Welt gab. (Davon abgesehen, dass ich Johnny Depp als Schauspieler vergötterte.) Keine fünf Minuten später brachen wir auf. Zwei Gruppen. Jede angeführt von einer der Vampirschwestern, denn wer sah schon bei Nacht besser als ein Vampir. Sobald eine Gruppe Sam gefunden hatte, sollten blaue Funken von einer der Schwestern in den Himmel geschickt werden, violette, wenn Gefahr drohte. (Im Sinne eines Lehrers oder Amokläufers.)

Meine Gruppe bestand aus Faith, Jan und Dalex, während Lila, Wanda, Felix und Jamie zusammen mit Hope die andere Gruppe bildeten. Mit erhobenen brennenden Fackeln machten wir uns auf den Weg durch die Nacht, auf der Suche nach unserem verlorenen Schaf, äh, Zombie.

»Kannst du etwas riechen, hören oder sonst was?«, fragte ich Faith, die mich genervt anfauchte, sodass ich sofort einige Schritte zurückwich.

»Hör zu, Kleiner! Ich bin ein Vampir, ich orientiere mich über die Blutlinie! Nicht über den Geruch oder sonst etwas und dein kleiner Zombiefreund stinkt. Er stinkt genau wie ein Werwolf! Weißt du, wie viele Werwölfe und schlecht riechende Viecher es hier gibt? Genügend! Wie sollte ich ihn dann anhand seines Geruchs finden?«, fauchte sie und Dalex legte ihr beruhigend eine Hand auf die Schulter. Sie fauchte ein letztes Mal und ging voran. Dalex lächelte aufmunternd in meine Richtung.

»Mach dir keine Sorgen. Sie ist nur etwas gereizt, weil Hope nicht in der Nähe ist. Zwillingskomplex nennt sich so etwas unter ihnen. Blutschwur, Prägung, oder so ähnlich würde es wohl ein Mensch nennen. Ist auch egal. Wir werden ihn finden. Selbst wenn sie ihn nicht riechen kann, hat sie gute Augen, besser als meine und selbst mein Volk lebt im Schatten.«

Ich nickte zustimmend und blickte gen Himmel. Hoffentlich würden wir Sam bald finden.

Meine Hoffnung sollte kläglich scheitern. Wir näherten uns meinem Lieblingsbrunnen, als ich ein Rascheln hinter uns vernahm. Mein erster Gedanke war, dass Sam uns gefunden hatte, doch dieser kurze Funken Hoffnung wurde jäh zerstört. Aus dem Schatten trat niemand Geringeres als Professor Shadow. Er trug eine dunkle Robe und hielt den Zauberstab zum Duell bereit.

Sofort war Faith zur Stelle und schickte violette Funken in den Himmel, was dazu führe, dass Professor Shadow einen Klammerzauber auf sie losfeuerte und sie in sich zusammensank. Man konnte mit ansehen, wie ihre Nerven sich zusammenzogen und sie steif liegen blieb, doch ihre Augenlider flatterten.

Seine Augen glühten rot.

Ich suchte Schutz bei Dalex.

»Sie können doch keine Schüler angreifen!«, rief Jan aufgebracht, doch ehe er noch etwas sagen konnte, traf der Zauber auch ihn.

»Lauf«, rief Dalex und ehe ich mich versah, rannte ich über die Grenzen in den Wald.

Kapitel 20

Ich rannte, so schnell mich meine Füße trugen. Was war nur geschehen? Warum feuerte ein Lehrer Klammerflüche auf seine Schüler ab? Das konnte doch nicht normal sein! Drehte inzwischen jeder irgendwie durch? Ein kalter Schauer rann mir über den Rücken und ich sah, wie sich dichte Nebelschwaden um mich herum zogen. Alarmiert sah ich mich um. Hatte ich ihn abgehängt? War er immer noch hinter mir her? Woher kam der Nebel? Ich schloss die Augen und spürte, wie die Kälte zunahm, der vertraute Schmerz durchfuhr meinen Körper und ich glaubte, für einen Moment eine Art Glockenschlag zu vernehmen, und eine Berührung an der Schulter. Vorsichtig schlug ich die Augen auf und blickte direkt in das Gesicht einer wunderschönen jungen Frau. Sie schimmerte leicht, als hätte sie nicht vor, ganz in ihren Körper zu springen. Anders als die Grinsekatze, gab sie sich eher zurückhaltend und beobachtete mich nur lächelnd, anstelle mich offensiv zu löchern. Dennoch kam sie mir seltsam vertraut vor.

Beinahe so, als hätte ich sie schon einmal gesehen. Die Frage war nur, wo?

»Snow«, flüsterte sie meinen Namen und ich sah sie beunruhigt an. Sie war außer der Grinsekatze der erste Geist, der nicht in einer persönlichen Verbindung zu mir stand, was mich beunruhigte. »Wer bist du?«, fragte ich sie vorsichtig und ein leichtes Lächeln umspielte ihre Lippen.

»Wir sind uns noch nie begegnet. Unsere Mutter hält es für besser, nicht von mir zu sprechen«, entgegnete sie traurig und ich sah sie fragend an.

»Unsere … Mutter? Wer bist du? Warum weiß ich nichts von dir?«

»Auf Erden nannten sie mich Summer. Später nannte man mich die Wissende, die Ändernde, und heute bin ich nur noch als Fate oder das Schicksal bekannt.«

Plötzlich kam mir die Erkenntnis, weshalb jeder vom Schicksal sprach. Wir waren miteinander verknüpft. Aber wieso hatte mir nie jemand von dieser Verknüpfung erzählt? Warum schwieg jeder über sie?

»Warum erfahre ich das erst jetzt? Weshalb soll ich dir glauben?«, fragte ich zweifelnd und sie legte mir eine Hand auf meine Schulter.

»Du bist dazu auserwählt, die Bürde von uns allen zu nehmen. Dein Vater, der Schmerz. Deine Großmutter, die Weisheit. Die Grinsekatze, dein Vertrauter und mein Richtungsweiser«, erklärte sie und legte ihre Hand auf meine Schulter.

»Du bist der Schnee. Der Winter, der das Unglück vertreiben wird und gegen das Böse siegt. Denn nach jedem Winter, kommt ein Frühling.«

Resigniert seufzte ich. Was für ein Unglück sollte ich vertreiben und was war dieses Böse, von dem jeder sprach? Ich war nicht bereit für solche Spielchen. Ich wollte ein ganz normaler Schüler sein, nicht mehr und nicht weniger.

»Aber ... mal angenommen, ich versuche es, wie zur Hölle soll ich das Ganze dann hinbekommen?«, fragte ich und spürte wie sie mich in eine Umarmung zog.

»Du bist der Einzige, der uns retten kann. Du wirst uns alle retten. Dein Weg, den ich für dich geebnet habe, wird steinig sein und einige Verluste beinhalten, doch sie werden dich stärken. Du wirst Freunde finden und Freunde verlieren, doch es ist die einzige Möglichkeit, alles zum Guten zu wenden. Ich glaube an dich.«

Ich spürte ihre Lippen an meiner Stirn, dann zog sich die Kälte zurück und meine Schwester war verschwunden.

»Snow?«, vernahm ich Dalex Stimme und drehte mich um. Mein Körper zitterte und ich sah ihn überrascht an. Wie hatte er es geschafft, in einem Stück an Professor Shadow vorbeizukommen?

»Wie ... ?«, fragte ich und er schüttelte nur den

Kopf als Antwort. Erst als er sah, dass ich es wirklich wissen wollte und vorher keine Ruhe geben würde, rückte er mit der Sprache heraus.

»Mach dir keine Sorgen. Ein Dämon kann einen Dämon nicht töten und ihn nicht außer Gefecht setzten. Ich habe mit ihm verhandelt. Das ist alles. Er wird sich vor der Direktion verantworten müssen. Spätestens nach den Ferien wird er uns Rede und Antwort stehen.«

Ich zog misstrauisch eine Augenbraue nach oben. Irgendetwas sagte mir, dass er mir definitiv etwas verschwieg. Aber ich würde ihm vertrauen. Er würde seine Gründe haben.

»Hast du inzwischen ein Zeichen von Sam? Und warum bist du so blass?«, fragte er und seine Finger strichen sanft über meine Wange. Ich drehte den Kopf zur Seite und somit glitten seine Finger an mir herab.

»Ich verstehe. Du willst nicht darüber reden und doch spürte ich den Tod ganz nah an dir. Sie waren wieder bei dir, Stimmt's?«, flüsterte er und ich schluckte. Warum wusste er nur so genau Bescheid, ohne dass ich etwas sagen musste?

»Wie würdest du reagieren, wenn du plötzlich erfährst, dass du eine Schwester hast? Eine tote Schwester. Das Schicksal als Schwester?«, fragte ich ihn und er verdrehte die Augen.

»Das ist also der Schlüssel«, murmelte er mehr zu sich, doch ich konnte es trotzdem hören.

Es war der Schlüssel. Aber zu was? Dalex warf mir einen düsteren Blick zu, dann griff er nach meiner Hand.

»Die Sonne geht bald auf, wir sollten uns beeilen, um Sam zu finden. Mein Gefühl zieht mich zur Lichtung. Folgst du mir?« Ich nickte, wenn auch mit gemischten Gefühlen.

»Sei vorsichtig, Snow. Das Schicksal brachte euch zusammen, doch der Nutzen davon wird dir nicht gefallen. Vertrau mir dennoch. Es ergibt alles einen Sinn.«

Erkannte ich die Stimme meines Vaters in meinem Kopf und zuckte zusammen. Dalex musterte mich vorsichtig. Dann ging er weiter. Er schien etwas zu ahnen, doch scheinbar wollte er mich ebenfalls im Dunkeln lassen. So, wie es alle taten. Es mutierte wohl zu einer Art Trend, Dinge vor mir zu verbergen.

Aber dennoch hatte er in einer Sache recht. Wir fanden Sam auf der Lichtung vor, das Einhorn reglos vor ihm. Sams Augen strahlten in einem intensiven Grün, während er sich mit dem Arm das Blut von den Lippen wischte.

Es schimmerte silbern auf seiner Haut und mir wurde bei dem Anblick schlecht. Was taten wir hier eigentlich? Die Blut- und Gehirnlust meines besten Freundes ließ sich nicht stillen und ich ahnte bereits, dass dies ein schlechtes Zeichen war. Vor allem, wenn er begann, selbstständig in den Wald zu gehen. Irgendwann würden sie ihn erwischen und das wäre sein Ende. Ich schüttelte entschlossen den Kopf. Nein, so weit durfte es nicht kommen. Vorsichtig berührte ich seine Schulter und er sah mich mit großen Augen an. Dann kuschelte er sich an meine Seite und ich strich über seinen Rücken. Dalex grinste breit, doch genau in diesem Moment raschelte es im Wald.

Zu unserem Glück war Dalex schnell genug, um das Einhorn mit einem Zauber verschwinden zu lassen, ehe aus dem Schatten Professor Shadow mit erhobenem Zauberstab heraustrat. Sofort stellte sich Dalex zwischen uns.

»Ein Bild für die Götter. Der Totenbeschwörer und sein Haustier. Beschützt von einem einfachen Dämon. Komm schon, Dalex, verschwinde. Es wäre mir eine solche Freude dich zu töten, Snow. Deine gesamte Gattung auszurotten, so wie ich es auch mit deinem arroganten Idioten von Vater getan habe. Ein Meister der Tränke und ich sein Assistent. ICH habe die maßgebliche Arbeit an seinen Erfolgen geleistet und nie fiel etwas auf mich zurück. Er hatte es verdient, zu sterben! Aber ich habe eine Waffe gefunden, die alles verändern wird. Noch ist nicht die Zeit dafür, aber bald. Lasst uns Spielen. Möge euch dasselbe geschehen«, drohte er lachend und schwang seinen Zauberstab. Dunkle Schlangen erhoben sich aus dem Boden und tänzelten unangenehm in der Luft neben ihm. Sofort griff ich nach meinem Zauberstab. Ich rief alles ab, was ich wusste, um mich verteidigen zu können, und hoffte es würde genügen.

»Exsecratio delorum!« Ich schluckte. Rote Funken sprühten aus dem Stab hervor. Der Schmerzensfluch. Einem Folterfluch gleichzusetzten. Ich griff nach meinem Zauberstab und versuchte mit einem Defensio mein Lichtschild gegen ihn zu halten, doch gegen ihn war meine Magie zu schwach. Der Fluch traf mich unvorbereitet und ich spürte, wie die Macht der Magie von meinem Körper Besitz ergriff und sich meine Gliedmaßen schmerzhaft verschoben. Ich wollte schreien, doch kein Laut entrann meiner Kehle. Schmerzen durchfuhren meinen Körper immer und immer wieder und das Letzte, was ich vernahm, waren die Worte, die einen Schutzzauber abschossen und den Lichtstrahl des Professors auf diesen zurücklenkten. Dann zogen schwarze Wolken auf und mein Körper fiel in sich zusammen. Alles war schwarz.

Das Nächste, an das ich mich erinnern konnte, waren die Stimmen um mich herum. Jan, der Dalex mit allen Schimpfworten verfluchte, die ihm auf die Schnelle einfielen. Dalex, der schnaubend Jans Gemotzte abtat und meinen Namen flüsterte. Lila, die aufgeregt kreischte, als ich einen meiner Finger bewegte und somit die Aufmerksamkeit auf mich zog.

»Snow? Hey, ruhig Blut. Alles in Ordnung. Du bist in Sicherheit«, flüsterte Dalex und ich spürte seine Finger, die meinen Plus testeten, als ich die Augen öffnete. Jan war sofort an meiner anderen Seite und murmelte etwas von: »So ein Idiot. Schade, dass der Dämon unfähig war, ihn zu töten. Das verdirbt mir die ganzen Ferien, das glaubst du gar nicht.« Ich wollte gerade nachfragen, wovon er redete, als die Erinnerungen an den Kampf mit dem Professor zurück in mein Gedächtnis strömten. Schmerzerfüllt lehnte ich mich zurück in meine Kissen.

»Das tat weh. Ist er entkommen?«, fragte ich und Dalex nickte mit verzogenem Gesicht. Scheinbar war er nicht begeistert davon, dann fiel mir jedoch ein, was er gesagt hatte. Ein Dämon konnte einen anderen seiner Gattung nicht töten. Nur deshalb war er entkommen und vielleicht auch, weil er als Lehrer mehr Übung als ein Schüler hatte. Ich wusste, dass Dalex ihn getötet hätte, wenn er es gekonnt hätte. Er hätte einen Mord begangen. Meinetwegen. Der Gedanke daran erfüllte mich mit Stolz. Es gab scheinbar jemanden, der mich beschützte. Dalex hatte sich gegen einen Lehrer, gegen einen anderen Dämon gestellt und hätte ihn – wenn er es gekonnt hätte – getötet. Es musste also noch mehr an seinen Gefühlen dran sein, als ich zu glauben schien. Jan warf uns einen letzten eindeutigen Blick zu, dann wünschte er mir schöne Ferien, bat mich, ihm zu mailen, und verschwand in seinem Zimmer mit einem deutlichen Grinsen in seinem Gesicht. Kurz darauf kehrte er aber noch mal zurück, zog mich in eine ziemlich unmännliche Umarmung und beteuerte mir, dass er mich vermissen würde. Irritiert sah ich ihn an. Er war definitiv verrückt. Zufrieden warf er Sam noch seinen Knochen zu, dann war er aus unserem Sichtfeld verschwunden.

Lila räusperte sich, blickte sich um und sagte: »Ich bin ja sehr froh, dass es dir und Sam wieder gut geht.« Damit war auch sie verschwunden.

Ich lächelte kaum merklich und spürte, wie jemand die Matratze sinken ließ.

»Und dir geht es wirklich gut? Du siehst fertig aus und deine Hautfarbe ist gespenstisch blass«, diagnostizierte Dalex und ich nickte. Mein Körper fühlte sich schlaff an und wenn ich ehrlich war, ging es mir beschissen, aber es war okay. Für meinen Zustand, glaubte ich zumindest.

»Warum kannst du ihn nicht töten?«, entgegnete ich mit einer Gegenfrage und fühlte mich im ersten Moment furchtbar primitiv unwissend.

»Blutsbande. Wir Dämonen schworen einst, uns gegenseitig nicht zu töten. Und allein innerhalb unserer Rasse zu ehelichen. Es sollte nie Mischlinge mit anderen Rassen geben. Ich gebe nicht sonderlich viel darauf, muss ich sagen. Nicht, dass ich vorhätte, mir eine Frau zu nehmen. Aber die Kälte, die du spürst, wenn ich dir nahe komme, du spürst sie auch wenn die Toten in der Nähe sind. Es zeigt, dass ich nicht sterblich bin. Das ist Teil des Fluches. Ich hoffe, dass Professor Dylane Professor Shadow verbannen wird. Er wird nach einer Möglichkeit suchen, um den Bann der Dämonen zu brechen und mich zu töten. Falls es ihm nicht gelingt, wird er diejenigen töten, die mir nahestehen. Sei vorsichtig, Snow«, flüsterte er und hauchte mir einen kurzen Kuss auf die Stirn. Ich spürte die Kälte und wie mir augenblicklich dämmerig wurde.

»Du weißt, dass ich dich liebe. Frohe Weihnachten wünsche ich dir und mache dir keine unnötigen Gedanken. Wir sehen uns.«

Dann ließ auch er mich und meine Gedanken allein.

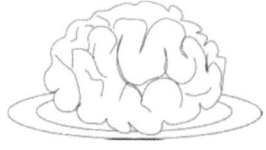

Kapitel 21

Es fühlte sich merkwürdig an, den langen Weg mit der Pegasuskutsche hinter sich zu bringen und zurück in die Welt zu gehen, die für mich jahrelang normal gewesen war. Konnte ich überhaupt noch wie ein gewöhnlicher Nichtmagier leben? Es würde merkwürdig sein, keine Magie zu nutzen. Merkwürdig, meiner Mutter gegenüberzustehen, die mir mein ganzes Leben verschwiegen hatte, dass es eine Schwester gab. Mit Sam wieder wie gewohnt zusammenzuleben, Freunde und Verwandte zu sehen. Zu sehen, wie sich alles verändert haben würde oder wie alles gleichgeblieben war.

Meine Gedanken waren unruhig, als wir im Morgengrauen vor meinem Zuhause hielten.

Der Kobold Fenrir (während der Fahrt hatte ich erfahren, dass er die oberen Stufen in Magische Geschöpfe unterrichtete und außerdem Finanzchef unserer Schule war) öffnete die Kutsche, sodass Sam herausklettern konnte und direkt auf die offene Tür zurannte, in der meine Mutter stand und mich anlächelte. Ich zwang mich ebenfalls zu einem Lächeln. Es war merkwürdig, dass sie mich so offenherzig empfing, wo ich doch solche Probleme gemacht hatte, mit meinem Wunsch, die Schule zu besuchen. Mit einem Zauberspruch folgen die Gepäckstücke ins Innere und ich sah der Kutsche nach, die abhob und davonflog. Dann trat ich entschlossen auf meine Mutter zu.

»Hey Mum«, begrüßte ich sie und sofort schlang sie ihre Arme um mich.

»Snow, es tut mir so leid. Ich dachte, ich hätte dich verloren. Ich dachte, ich würde dich nie wiedersehen.« Tränen flossen über ihr Gesicht und ich zog sie näher an mich.

»Es ist okay, Mum. Wir müssen dennoch miteinander reden. Aber nicht jetzt. Was gibt es zum essen?«, versuchte ich das Thema zu wechseln und sofort hellte sich ihr Gesicht auf.

»Nur das Beste für dich. Lass dich überraschen.« Damit war das Thema für sie vorerst gegessen und ich folgte ihr – und Sam, der bereits in die Küche verschwunden war – ins Haus.

Es war gerade einmal elf Uhr, als ich feststellen musste, wie verdammt im Arsch mein Schlafrhythmus war. Für gewöhnlich schlief ich um diese Uhrzeit schon und heute sollte ich es noch bis spät in die Nacht aushalten? Sam schien es einfacher zu haben. Er gähnte, streckte sich und lag kurzerhand schnarchend auf der Couch. Meine Mutter musterte ihn skeptisch, bis ich ihr erzählte, dass wir eigentlich nachtaktiv waren. Sie lächelte mich an, dann griff sie nach einer Tasse und schenkte mir einen Kaffee ein. Sie erntete ein dankbares Lächeln. Dann wollte ich Antworten auf meine Fragen.

»Du, Mum? Wieso hast du mir nie erzählt, dass ich eine Schwester habe?«, fragte ich in das Schweigen und sie sah mich irritiert an.

»Woher …?«, begann sie und sah mich nachdenklich an. Ich seufzte und beschloss von vorne anzufangen.

»Ich bin ein Geisterbeschwörer. Ich kann mit Toten reden. In der Nacht, bevor ich gegangen bin, habe ich mit Dad geredet. An dem Abend, als Sam verwandelt wurde, hat mich eine Katze angesprochen. Sie ist die Verbündete von meiner Schwester und meine Schwester ist das Schicksal. Sogar Großmutter spricht mit mir! Warum hast du mir nie etwas von ihr erzählt? Hat sie dir nichts bedeutet?«, fragte ich verzweifelt und sie schniefte einmal laut auf. Tränen rannen über ihre Wangen und sie vergrub ihre Hände in den Ärmeln ihrer Strickjacke.

»Snow, hör zu. Summer war so ein liebes Kind. Sie war genau wie du und doch war sie verrückt! Sie hatte immer diese Visionen! Dann hat sie behauptet, sie könnte Tote sehen! Ich wollte nie, dass sie zu dieser Schule geht. Und dann, du warst gerade auf der Welt, kam die Nachricht, dass sie gestorben sei. Dein Vater war gerade erst ums Leben gekommen. Ich wusste nicht mehr weiter. Sie war für mich nichts mehr als eine Erinnerung. Und jetzt sagst du mir, du bist genau wie sie? Wann wirst du sterben? Wird es dir ebenfalls die Kraft rauben, bis du stirbst, wird es das?«, fragte sie in Rage und brach ab. Ein Heulkrampf durchschüttelte sie.

»Mum, ich werde nicht sterben. Ich habe es geschafft. Ich kann das und ich werde Großmutter, Dad und meine Schwester von ihrem Leid erlösen. Aber du darfst nicht von mir verlangen, dass ich sie vergesse. Sie ist meine Schwester.«

Meine Mutter nickte, dann zog sie mich in eine Umarmung und ich folgte ihr in das Wohnzimmer, wo sie bereits den Baum aufgestellt hatte. Lediglich die Weihnachtskugeln warteten noch darauf, ihren Platz am Baum zu finden.

»Soll ich dir etwas zur Hand gehen?«, fragte ich und deutete auf die Kugeln. Sie nickte und ehe ich mich versah, schmückten wir gemeinsam den Baum. Das erste Mal seit vielen Jahren, fiel mir auf. Meine Mutter war noch nie ein Fan von Weihnachten gewesen, daher war mir ihr plötzlicher Umschwung nicht ganz klar, doch meine Frage sollte sich bald beantworten. Genauer gesagt einen Tag später.

Es war am Weihnachtsabend, als meine Mutter gerade erneut nach der Gans sah und es bei uns klingelte. Ich warf einen verwirrten Blick zur Tür, doch meine Mutter schien unbeirrt. Scheinbar plante sie etwas, denn sie rief mir in einem ungewohnten Singsang zu: »Snow, könntest du bitte die Tür öffnen, unsere Gäste sollen doch nicht erfrieren.«

Mit hochgezogener Augenbraue musterte ich sie ein letztes Mal, dann machte ich mich auf den Weg zu unserer Haustür. Mit den Gästen davor hatte ich jedoch nicht gerechnet.

»Hallo Snow. Es freut mich zu sehen, dass du und Sam wohlbehalten zurückgekehrt seid. Wie geht es meinem Sohn?«, begrüße Sams Vater mich mit einem Schulterklopfen und drückte sich an mir vorbei ins Innere. Seine Frau warf mir ein charmantes Lächeln zu und folgte ihm. Irritiert schloss ich die Tür hinter mir. Was hatten Sams Eltern hier zu suchen? Ich meine, okay, es war mir klar, dass sie ihren Sohn sehen wollten, aber hatte nicht sein Vater selbst gesagt, er hätte keinen Sohn mehr? Oder hatte meine Mutter ihn zur Vernunft bekommen?

Vorsichtig stupste ich sie an, als sie sich für einen Moment aus dem Gespräch mit Sams Mutter rausreißen konnte.

»Ähm, Mum? Was machen die beiden hier?

Sams Vater hat gemeint, Sam sei nicht mehr sein Sohn und jetzt will er ihn doch sehen? Hast du da deine Finger im Spiel?«, fragte ich und sie grinste ihr teuflisches Hausfrauengrinsen.

»Vielleicht. Aber sieh es als Anfang. Vater und Sohn scheinen sich im Moment zu vertragen und das ist doch alles, was an Weihnachten zählt, oder etwa nicht?« Ich nickte und sie zog mich in eine Umarmung.

»Ich bin froh, dass du bei mir bist. Sams Eltern bekommen das hin. Ich bin zuversichtlich und ich denke, du solltest es auch sein, nicht wahr?« Erneut nickte ich, dann half ich ihr, die Gans aus dem Ofen zu holen, und genoss unseren gemeinsamen Weihnachtsabend.

Die Tage vergingen und mein Kurzausflug nach Hause war ergiebiger gewesen, als ich gedacht hatte. Ich hatte nun Antworten auf meine Fragen. Sam hatte sich mit seinen Eltern versöhnt und Jan zählte bereits die Stunden, bis er mich wiedersehen würde. (Seine WhatsApp-Nachrichten musste ich irgendwann auf stumm schalten.) Nur von Dalex hörte ich – wie ich bereits erwartet hatte – recht wenig. Aber immerhin waren bis zu dem Moment, in dem ich in die Kutsche stieg, die Gedanken an das Geschehene verdrängt. Der Alltag würde mich schnell genug einholen. Dessen war ich mir bewusst.

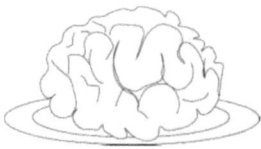 ## Kapitel 22

So musste sich Heimkehr anfühlen. Als ich aus der Kutsche stieg und das Schloss erblickte, wusste ich, dass ich wieder dort angekommen war, wo ich hingehörte. Bei meinem Clan, meiner Familie und meinen Freunden. Die Probleme, die dieser Ort beherbergte, versuchte ich auszublenden. Es war Jan, der mich als Erster sah, seinen Koffer fallen ließ und auf mich zurannte, um mich in seiner Umarmung zu erdrücken.

»Snow!«, brüllte er mir ins Ohr. Für einen Moment lang klingelten meine Ohren ziemlich schmerzhaft, aber genau deshalb war Jan mein bester Freund im Clan. Ich hatte ihn vermisst, denn er verstand es, mich zu quälen und stand mir dennoch immer zur Seite.

»Du musst sofort mitkommen und mir erzählen, wie deine Ferien waren. Spannender als auf dem Olymp waren sie sicher. Ich meine, wer will schon gegen Herkules und Zeus ankommen? Pah, die Olympischen Spiele können in Zukunft ohne mich stattfinden. Sport ist Mord, das sage ich dir«, plapperte er vergnügt vor sich hin und zog mich zum Clanhaus. Sam folgte uns schnaubend.

In der Küche erwartete uns Lila, die sich sofort freudig an Sams Hals warf und ihn umarmte. Scheinbar hatte sie ihn unheimlich vermisst, was Sam ihr damit dankte, dass er ihr einmal quer über das Gesicht leckte. Sie lachte vergnügt und warf mir einen dankbaren Blick zu. Hatte sie etwa erwartet, dass ich ihn zu Hause lassen würde? Ich nahm den Geruch von Lasagne wahr und blickte in den Ofen.

»Wer von euch hat denn gekocht?«, fragte ich und Lila lachte leise.

»Jamie und Felix wollten ein Willkommensessen machen. Es gibt Lasagne und Dosenbier. Unter anderem auch Sekt, wenn Hope und Faith es schaffen, ihn zu besorgen.«

Ich lächelte zufrieden. Scheinbar ging es dem Rest des Clans gut und irgendwie freute ich mich auf den gemeinsamen Abend.

Der Montag kam schneller und, wie so oft nach den Ferien, absolut ungewollt. Die ersten zwei Stunden hatten wir Soziologie bei Professor Dylane. Ich bezweifelte kaum, dass wir an einer Standpauke für unseren nächtlichen Clanausflug vorbeikommen würden. Das wäre definitiv un-vermeidlich.

»Snow, Dalex, könntet ihr bitte zu mir kom-men?«, ertönte die Stimme der Professorin , kaum dass wir den Klassenraum betreten hatten. Wir warfen uns gegenseitig einen abschätzenden Blick zu und schluckten. »Sofort«, fügte sie gepresst hinzu und wir nickten synchron, ehe wir ihr folgten. Die Klassenzimmertür flog krachend zu und eine Schneeböe umspielte die Professorin. Sie war wütend. Sehr wütend. Scheinbar brachte sie schon die Erinnerung in Rage.

»Was habt ihr euch nur dabei gedacht? Nachts auf dem Schulgelände herumzuschleichen, einen Lehrer anzugreifen und sich dann vom Schulgelände zu entfernen! Meine Herren, das wird ein Nachspiel haben! Professor Shadows Reaktion war nicht angemessen, aber dennoch! Sich vom Schulgelände fortzuschleichen ist ein Regelverstoß. Dass ich euch nicht von der Schule werfe, verdankt ihr nur euren guten Noten und eurem bisher sehr guten Benehmen. Das gibt Nachsitzen. Jeden Abend nach dem Unterricht. Bis zum Ende des Schuljahres«, knurrte sie und die Sturmböen nahmen ab. Mein Blick wanderte zu Dalex. Er sah müde aus und ein Drei-Tage-Bart zierte sein Gesicht. Nicht, dass es mir nicht schon beim Abendessen aufgefallen war. Er sah unheimlich sexy aus. Es wunderte mich jedoch, dass er nichts dagegen sagte. Er schien es hinzunehmen und zuckte mit den Schultern. Erst, als wir uns umdrehten, schenkte er mir ein mildes

Lächeln.

»Und nun auf eure Plätze und wehe es kommt mir dieses Jahr noch einmal etwas zu Ohren.« Wir nickten eilig, dann flüchteten wir ins Klassenzimmer. Professor Dylane folgte uns. Ihr Zorn war wie verflogen, als sie ans Pult trat und ihre Ankündigungen machte.

»Wie ihr sicher bereits wisst, wurde Professor Shadow noch vor den Ferien von der Schule suspendiert. Er hat einige von euch mit Flüchen angegriffen und dies kann ich an meiner Schule nicht dulden. Ebenso hat er Äußerungen von sich gegeben, die ihn zu einer Gefahr machen. Deshalb werden seine Unterrichtsfächer bis auf Weiteres ausfallen. Professor Alec bat mich, die Zeit für das Theater zu nutzen. Die Probenarbeit verläuft scheinbar schleppend. Ich hoffe doch, dass das Stück uns alle begeistern wird«, erklärte sie und warf strafende Blicke in unsere Richtung. Ich seufzte. Nachsitzen und den Zorn der Direktorin auf sich geladen zu haben, war nicht gerade das, womit ich mein Schuljahr beenden wollte. Immerhin waren es noch über fünf Monate! Professor Dylane hingegen gab sich gelassen und hielt ihre Stunde ganz normal ab. In Soziologie wurde gerade der Vampirismus durchgenommen – passend dazu, dass der Lyrikclub Dracula aufführen würde – und ich ließ meinen Blick hin und wieder über Hope und Faith streifen, die sich scheinbar von den Angriffen erholt hatten. Dalex hatte beim gemeinsamen Abendessen erzählt, dass Professor Rose sie gerade noch rechtzeitig gefunden hatte, bevor die Sonne aufging.

Dennoch zierte Faiths Gesicht eine bereits recht gut verheilte Narbe, die jedoch, soweit ich es beurteilen konnte, von der Sonne stammte. Sie tat ihrem Aussehen dennoch nichts ab. Es unterstrich nur ihre gefährliche Art und ließ sie um einiges kämpferischer wirken, als sie es ohnehin schon tat. Zumal ich sie jetzt besser auseinanderhalten konnte.

Dennoch war es egal, wie scheiße die beiden immer zu mir waren. Zu wissen, dass sich eine von ihnen meinetwegen verletzt hatte, schmerze unheimlich. Ich erwartete bereits einen Todesblick samt Morddrohung in meine Richtung, doch sie sah mich nur mitleidig an und ich drehte den Kopf zur Seite. Warum hasste sie mich nicht dafür, was ich ihr angetan hatte?

»Vampire können nur auf ganz wenige Arten getötet werden«, warf Jamie im Soziologieunterricht ein. Professor Dylane nickte zufrieden, dann fuhr sie fort.

»Die effektivste ist es, einen Vampir dem Sonnenlicht auszusetzen. In weniger als fünf Minuten liegt vor euch ein Häufchen Asche. Professor Dr. van Helsing, einer der bedeutendsten Vampirforscher der Zeit, schwor stets auf die Methode der Pfählung.« Ich glich meine Notizen mit den ihren ab, fügte das ein oder andere hinzu und versuchte, ihr aufmerksam zuzuhören. Jan hingegen zwinkerte Hope zu. Professor Dylane räusperte sich und einige der Schüler sahen zu ihr und ließen ihre Stifte sinken.

»Unter den Vampiren erzählt man sich die Legende, dass der Professor selbst zu einem Vampir geworden sei und seinen Liebhaber mit Weihwasser übergossen habe. Dies ist ein Mythos. Vampire sind nicht empfindlich gegen Weihwasser, Weihrauch oder gar Kreuze. Dass Dr. van Helsing dem Vampirismus verfallen ist, wurde nie bestätigt. Bis heute gilt sein Leichnam als verschollen. Es könnte daher sein, dass er noch immer als Vampir auf der Erde verweilt, sich jedoch nie zeigt«, erklärte Professor Dylane und warf einen Blick zu Hope und Faith, die sich gegenseitig anblickten – beinahe so, als wüssten sie es besser als sie.

»Glücklicherweise habe ich hier zwei Vampire sitzen. Hope, würdest du bitte zu mir kommen?«, fragte Professor Dylane und zum ersten Mal bemerkte ich, dass eine von den Zvamps zögerte. Professor Dylane hielt einen silberglänzenden Gegenstand in der Hand und Faith zog die Luft ein.

»Geh nicht! Das ist Elbensilber, es wird dich töten«, rief sie ihrer Schwester alarmiert zu, die zitternd einige Schritte zurückwich und den Kopf schüttelte. Professor Dylane lachte amüsiert auf und ich musterte sie. Wollte sie gerade wirklich Hope damit verletzen? Oder wieso war Faith so ängstlich? War diese Waffe wirklich so gefährlich?

»Hier seht ihr einen weiteren Mythos, der selbst bei den Vampiren noch auf Glauben stößt. Reines Silber, geschmiedet im Elbenwald. Mit dem Feuer der Erde von einem Elb in Treue geschmiedet, kann ein solcher Pfahl einen Vampir bei der bloßen Berührung töten, so sagt man. Würde ich Hope damit berühren, würde sie sicherlich von Schmerzen übermannt werden, aber sterben würde sie nicht. Elben sind eine der wenigen Rassen, die einem Vampir je gefährlich werden könnten. Sie sind Diener des Lichts, der Sterne und sehr naturverbunden, während ein Vampir nach Blut, Rache und Dunkelheit durstet. Die einzige Gemeinsamkeit ist die Unsterblichkeit der Vampire und Elben. Einst gab es deshalb einen großen Krieg zwischen beiden Völkern, in dem es um die Herrschaft über die Völker ging. Die Reiche der Völker wurden drastisch verkleinert, viele Vampire wurden gepfählt und Elben getötet. Seitdem gibt es nur noch wenige Elben und das Königshaus des Waldes droht auszusterben. Es kommen finstere Zeiten«, murmelte sie und wandte sich um. Hope trat zurück. Tränen hatten sich in ihren Augen gesammelt, als sie sich in die Arme ihrer Schwester flüchtete.

»Ich vergaß. Vampire durchleben Prägungen. Das, was ihr hier seht, ist der klassische Fall einer Prägung. Erst war es Freundschaft, später kamen die sexuellen und gefühlvollen Triebe hinzu. Eine Prägung stellt sich über alle Gesetze. Verbote gibt es nicht mehr. Wir reden hier auch nicht mehr von Twincest, da die beiden offiziell keine Geschwister, sondern aneinander geknüpfte Seelen sind. Prägungspartner. Ich halte es dennoch nicht für ratsam, sich auf seine Schwester zu prägen, egal, welches Schicksal einen ereilte«, fügte sie zu und ihre Stimme entfernte sich, während sie sprach.

»Professor?«, fragte Jan besorgt und sie deutete ihm mit einer Handbewegung an, dass er frei sprechen sollte. Er atmete tief ein und stellte seine Frage.

»Wenn sie Hope Schmerzen zufügen würden, würde Faith es doch spüren. Könnten Sie so Faith töten? Also indem sie Hope töten?«, fragte er und ich sog scharf die Luft ein.

Genau diese Frage hatte ich mir auch gestellt, aber ich hatte mich nicht getraut, sie auszusprechen. Professor Dylane zuckte mit den Schultern, doch das beinahe düstere Lächeln auf ihren Lippen sprach Bände.

»Vermutlich.« Kurz darauf zog ein Sturm auf und sie war verschwunden. Die Stunde war beendet.

»Snow! Wo willst du hin?«, fragte Lila, die mir folgte. Sam stand hinter ihr und kaute auf einem Wollknäuel herum.

»Ich muss sie etwas fragen! Sie kann es mir sagen«, antwortete ich ihr und drehte mich hastig um.

»Wer kann dir was sagen, Snow? Du stellst aber hoffentlich nichts Verbotenes an, oder?«, erwiderte sie und ich schüttelte den Kopf.

Nein, ich würde nichts Verbotenes anstellen. Ich wollte eine Antwort und nur das Schicksal würde sie mir geben können.

Ich schlich mich zum Rand des Schulgeländes. Lila folgte mir nicht und ich überlegte für einen Moment, den verlassenen Tempel aufzusuchen, doch ich entschied mich dagegen. Je näher ich ihm kam, desto unwohler fühlte ich mich. Also schlich ich mich fort. In unserem Zuhause war es mir zu riskant, die Toten zu beschwören. Dalex konnte sie spüren und Jan wusste ebenfalls, dass sie da waren, auch wenn er in diesem Fall schwieg. Wenn mich der Falsche zur falschen Zeit erwischen würde, konnte ich mir unnötige Feinde machen und darauf konnte ich getrost verzichten.

Vorsichtig ließ ich mich ins feuchte Gras sinken und schloss die Augen. Es war Januar und dennoch herrschte Frühlingswetter. Dann konzentrierte ich mich darauf, dass ich unbedingt das Schicksal sprechen wollte. Der vertraute Schmerz zog auf. Ich spürte, wie sich die Kälte näherte und öffnete die Augen. Anmutig schritt sie auf mich zu.

»Du hast mich gerufen, Bruder?«, begrüßte sie mich und küsste mich auf die Stirn.

»Ich brauche Antworten«, begann ich und sie seufze.

Sie senkte den Kopf und ihre eine Strähnen fielen ihr ins Gesicht. Ein Blumenkranz zierte ihre Haare und einer hing als Kette um ihren Hals.

»Du kannst keine Antworten vom Schicksal erwarten, die dir weiterhelfen werden. Meine Launen ändern sich minütlich. Ich treffe Entscheidungen stets spontan, aber zur rechten Zeit«, erklärte sie und ich nickte verständnisvoll.

»Das weiß ich, aber wir wurden angegriffen. Von einem Lehrer. Sam schleicht sich nachts davon. Es ist ein Fluch, der ihn auffrisst. Er leidet. Ich verstehe es nicht«, begann ich und in diesem

Moment spürte ich die Anwesenheit weiterer Geister hinter mir.

»Das Schicksal tut nichts, ohne dass es einen Sinn hat. Du magst ihn noch nicht verstehen. Aber Sam wurde nicht ohne Grund ein Zombie. Er ist der Stein, der alles in Rollen brachte. Die Schmerzen, die er leidet, sind nicht unbedeutend. Jeder Schmerz verschafft uns Zeit gegen die Dunkelheit. Dein Vater versucht, seine Schmerzen zu lindern«, entgegnete meine Oma und mein Vater lächelte mich aufmunternd an.

»Sie hat recht. Es hat alles seine Richtigkeit. Auch wenn du es noch nicht verstehen kannst. Du bist unsere letzte Hoffnung.«

Ich spürte, wie meine Schwester mir die Hand auf die Schulter legte und ich mich augenblicklich entspannte.

»Es tut mir leid, Snow. Aber du darfst nie die Hoffnung verlieren. Du bist nie allein. Aus diesem Grund werde ich Grins bitten, bei dir zu bleiben. Er soll dir deine Stütze sein in schweren Zeiten.«

Ich zog eine Augenbraue nach oben. Mal davon abgesehen, dass ich immer geglaubt hatte, die Grinsekatze sei weiblich, war ich nicht sehr begeistert davon, ihn als neue Begleitung zu haben. Sie hob die Arme und die Grinsekatze erschien und ließ sich auf ihrer Schulter nieder.

»Ich habe eine Aufgabe für dich, mein Lieber«, flüsterte sie der Katze zu. Grins legte den Kopf zur Seite und musterte sie erwartend.

»Ich verleihe dir einen Körper. Dann wirst du Snow begleiten. Nur er wird mit dir sprechen können, aber jeder kann dich sehen.« Mit diesen Worten hauchte sie ihm etwas zu, was ziemlich eisig aussah und sein Schimmern verschwand. Direkt vor mir stand ein kleines getigertes Kätzchen. Das einzig anormale war das Lächeln, aber ich erwartete ja gar nichts anderes.

»Ihr werdet euch bald auf eine Reise begeben. Ich werde dir einen Gefährten senden. Du wirst ihn erkennen, wenn du ihn siehst. Behalte deine Freunde stets um dich. Sie vertrauen dir.« Dann verblassten sie und ich blieb allein mit der Grinsekatze zurück. Diese blickte mich bedeutungsvoll an und streckte mir eine Pfote entgegen.

»Nenn mich Sid. Ich passe nun auf dich auf, Kleiner.« Mit diesen Worten stolzierte er erhobenen Schwanzes davon und ich sah ihm perplex nach. Irgendwie hatte ich das Gefühl, meine Familie hatte etwas gegen mich. Ich brauchte keinen arroganten Kater als Beschützer. Zugegeben war ich dennoch irgendwie froh darüber.

Als ich unser Wohnzimmer betrat, herrschte eine aufgeweckte Diskussion zwischen den Clanmitgliedern.

»Und ihr findet es also in Ordnung, dass sie solche Folterinstrumente mit sich rumschleppt? Sie könnte damit die halbe Schule foltern und einige sogar töten! Wir müssen ihn warnen!«, knurrte Faith und Dalex legte ihr beruhigend die Hand auf den Arm.

»Faith, wir wissen alle, dass wir ihr nicht trauen sollten. Sie dürfte das Silber hier gar nicht herbringen. Damit könnte sie sämtliche Vampire, Dämonen und Werwölfe foltern, wenn sie wollte. Und ich finde auch, wir sollten ihn warnen. Ich meine, sie könnte Snow töten, aber warum helfen wir ihm nicht einfach? Er ist der erste Totenbeschwörer nach Jahren, der lebt! Er könnte etwas ändern!«, sprach Dalex und erntete einige Zusprüche für seine Rede. Nur Wanda gab sich unbeeindruckt.

»Es ist ja schön und gut, aber wie sollen wir ihn retten? Ich meine, sie hat nur bei einer Neumondnacht die Möglichkeit, und Snow wird ja hoffentlich nicht so dumm sein und bei Neumond einen Geist beschwören.« Ich schluckte. War das also ihr Geheimnis, wie die anderen Totenbeschwörer gestorben waren?

»Aber er weiß es nicht! Und wenn Dylane ihn bitten würde, wäre es ihre Chance!« Ich warf einen Blick zu Sid, dem sich alle Haare aufstellten. Mit einer Kopfbewegung bedeutete er mir, dass es Zeit war, mich zu zeigen.

»Ich werde mich nicht von ihr töten lassen«, warf ich in den Raum und Faith atmete erleichtert auf.

»Na immerhin müssen wir es ihm nicht erklären. Hey, ein neues Haustier?«, entgegnete sie und sofort hatte Hope Sid auf dem Arm und streichelte ihn, was ihm scheinbar ziemlich missfiel, denn er knurrte und fauchte, was das Zeug hielt.

»Das ist Sid. Und Hope, ich würde ihn lieber loslassen. Er kann ziemlich gefährlich sein. Das Schicksal hat ihn mir geschenkt«, warf ich in den Raum und sofort ließ Hope ihn los, was er mit einem zufriedenen Schnurren quittierte.

Jan blickte mich irritiert an.

»Du hast dich mit dem Schicksal getroffen? Das erklärt, warum ich dich nicht gefunden habe.«

Ich grinste breit.

Er musste mich auch nicht immer finden.

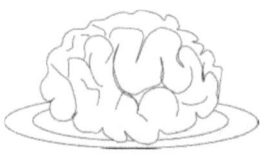

Kapitel 23

Die intensive Probenarbeit lenkte mich ab. Ein Vorteil, der sich aus meinen zigtausenden Texthängern ergab. Ich war einfach nicht für die Bühne geboren, Alec sah dies hingegen anders.

»Nein, nicht so, Snow! Du brauchst viel mehr Dramatik! Dracula will dir dein Herzblatt wegschnappen. Du musst es verhindern! Lila, sei so gut und begib dich noch einmal in Stellung. Gut und noch einmal. Es muss endlich klappen! Heute Abend ist die Vorstellung!«

Ich seufzte. Es war nicht gerade besser, zu wissen, dass ich es heute ebenfalls verhauen würde. Immerhin hatte es die ganze Zeit nie wirklich geklappt. Es war ein ewiger Kreislauf. Wir probten, wir hatten Nachsitzen und Unterricht. Der einzige Lichtpunkt der Woche war der Samstag und dann ging der Stress wieder von vorne los. Zwischendurch hatten wir den Geburtstag von Jan gefeiert, ein reiner Männerabend, hatten Wetten abgeschlossen, ob Jan es je schaffen würde, eine der Vampirschwestern in die Kiste zu bekommen, und so verging die Zeit schnell und Ostern stand bereits vor der Tür. Leider war Ostern mit dem Theaterstück gepaart.

Lila als Mina war eine geniale Schauspielerin und selbst Dalex als Graf Dracula und Jan als Helsing gaben eine bessere Figur auf der Bühne ab als ich. Ich alias Jonathan war eine Katastrophe. Nur Alec schien irgendwie etwas Gutes in mir zu sehen, selbst wenn ich, meiner Meinung nach, absolut unbegabt war.

Wie ich es jedoch geschafft hatte, auf der Bühne bei der Vorstellung eine einigermaßen gute Figur abzugeben, wusste ich selbst nicht. Außer einer misslungenen Pyro beim Auftritt von Felix hatte es unglaublich gut funktioniert. Kein Texthänger. Es war ein Wunder, aber ich war froh, als es endlich vorbei war und ich mich langsam aber sicher von der After-Show-Party und den Beglückwünschungen entfernen konnte. Sam war wieder verschwunden, aber es war nichts Neues. Die letzten Monate war es fast zur Gewohnheit geworden. Meist hatten Dalex und ich ihn auf der Lichtung vorgefunden, doch es blieb beim Clan nicht unbemerkt, dass er öfters fehlte.

Vor allem Hope und Faith schienen der Sache auf ihre Art und Weise nachzugehen und folgten ihm hin und wieder, oder versuchten, Dalex auszuquetschen, da er es ja ebenfalls wusste.

Generell herrschte seit den Weihnachtsferien eine angespannte Stimmung an der Schule. Das Wissen, dass einer der Professoren durchgedreht war und Professor Dylane eine gefährliche Waffe mit sich herumtrug, beängstige alle.

Sie schien außerdem etwas gegen mich zu planen. Warum sie etwas gegen mich hatte wusste ich nicht, aber Sid hatte mir mitgeteilt, dass ich mich in Acht nehmen sollte. Sid. Ich seufzte. Die Grinsekatze war mein ständiger Begleiter.

»Hör auf, so viel zu denken, ich fand dich ganz akzeptabel auf der Bühne«, schnurrte er vergnügt und strich mir um die Beine, was es mir schwerer machte, nicht hinzufallen.

»Du weißt genau, dass ich mir nicht deshalb Sorgen mache, Sid«, entgegnete ich seufzend und er lachte. Natürlich lachte er. Sid war eine griesgrämige und schadenfrohe Begleitung. Es war ein mir Rätsel, warum Fate ihn so mochte.

»Schweig. Wir sind nicht allein«, merkte er plötzlich an und versteifte sich. Aus dem Schatten trat Faith und sah mich wissend an.

»So nah am Waldrand. Wo willst du hin? Deinen Freund retten? Vertuschen, dass er Einhörner tötet? Versuche nicht, es zu leugnen, ich bin ein Vampir. Mir entgeht beinahe nichts.«

»Und was hast du nun vor?«, fragte ich sie und sie lächelte teuflisch.

»Hope wird ihn finden und er wird seine gerechte Strafe bekommen. Es ist verboten, Einhörner zu töten. Snow, es hat keinen Zweck, es zu verhindern. Das Schicksal will seinen Tod. Früher oder später«, flüsterte sie und sie trat näher an mich. Ich zog die Luft ein, dann nutzte ich die Chance in dem ich mich gegen sie stämpte und sie im Überraschungsmoment umwarf und somit mir meine Freiheit erkämpfte. Sid hatte sich grinsend auf sie gesetzt und hielt ihr mit der Pfote den Mund zu.

»Es hat sich ausgespielt, Babe.«

Erst als ich mir sicher war, sie abgehängt zu haben, verlangsamte ich meinen Schritt. Sid war mir gefolgt und wir hatten den Wald hinter den Schulgrenzen erreicht.

»Ist sie weg?«, fragte ich Sid, und er spitzte für einen Moment die Ohren, dann grinste er zufrieden schnurrend.

»Ich schätze, ja. Ich finde nur, dass wir uns nicht zu lange an einem Ort aufhalten sollten. Suchen wir Sam«, entgegnete er und übernahm die Führung. Ich folgte ihm.

Hinter mir vernahm ich das Rauschen der Blätter an den Bäumen und das Geräusch verunsicherte mich. Immer wieder drehte ich mich um, doch das Gefühl, dass uns jemand verfolgte, ließ mich nicht los.

Wir fanden Sam auf der Lichtung und augenblicklich schienen sich mein Körper und mein Geist zu beruhigen. Er war wohlauf. Aber dennoch blieb dieses dumpfe Gefühl der Warnung in mir.

Es war zwei Wochen nach Ostern. Eine letzte Schulparty, bevor die ersten Prüfungen los gingen und wir uns mit Lernen beschäftigen mussten. Dalex hatte sich an meiner Seite niedergelassen, während Sam von Jan gekrault wurde. Er genoss die Zärtlichkeiten des Halbgottes, und Jan schien es irgendwie zu beruhigen, Sam durch das Haar zu wuscheln. Sam war zwar immer noch mein Sorgenkind, vor allem, wenn er sich alleine fortschlich, aber ich verstand, dass ich ihn machen lassen musste. Vielleicht war es einfach seine Bestimmung, mir Sorgen zu bereiten. Vorsichtig kuschelte ich mich nach hinten an Dalex. »Heute etwas kuschelbedürftig?«, fragte er mit einem Grinsen und ich boxte ihm in seine Seite. Er keuchte gespielt auf.
»Behaupte nicht Sachen, die nicht sein können«, antworte ich grinsend und er wusste, dass er mich nicht zu ernst nehmen durfte. Er lehnte sich sanft nach vorn, zog mich zwischen seine Beine, sodass er seinen Arm um mich legen konnte. Ich entspannte mich augenblicklich. Dieser Abend verlief ruhiger, als die bisherigen. Es wurde Flaschendrehen gespielt, Geschichten und Hightlights des Schuljahres wiedergegeben, ausgiebig

getrunken und gelacht. Sam schien über den Berg zu sein und Dalex ließ mich kaum noch aus den Augen. Nach den Prüfungen ging es nahtlos in die Ferien über.

Ich war ganz zufrieden mit dem, was passiert war. Bis auf die Tatsache, dass mich einige Leute tot sehen wollten.

»Snow, du bist dran! Wahrheit oder Pflicht?«, fragte Lila neben mir und ich grinste.

»Wahrheit.« Sie lächelte sanft.

»Was hast du mit dem Schicksal am Hut?« Langsam ließ ich meinen Becher sinken.

»Was? Ähm, sie ist meine Schwester und wünscht sich irgendwelche Rettungsmissionen meinerseits, die ich nicht verstehen kann. Es ist schwer zu sagen. Wir reden selten miteinander.« Der Großteil unserer Gruppe sah mich neugierig an. Was zur Hölle sollte das nun wieder heißen?

»Ich finds cool«, warf Jan ein und grinste. Ich schüttelte lachend den Kopf. Dieser verrückte Haufen würde mir definitiv fehlen.

Es lag etwas in der Luft. Ich konnte es deutlich spüren, aber ich konnte nicht ausmachen, was es war. Ich schätze, dass es einfach daran lag, dass dies einer der letzten Tage war, bevor wir in die Ferien geschickt wurden. In wenigen Tagen würden wir uns alle voneinander verabschieden und unsere Eltern wiedersehen. Acht Wochen in das alte Leben zurückkehren. Alles Magische zurücklassen und einfach wieder wir selbst sein. Meine Mutter würde sicherlich schon auf mich warten.

Meine Tasche war bereits gepackt und Sam war mal wieder verschwunden. Gelegentlich überlegte ich mir, ihm ein Halsband mit Sensor zu kaufen, damit ich immer wusste, wo er war. Es machte mich wahnsinnig, dass er immer verschwand. Doch irgendetwas war heute anders. Dalex konnte ich ebenfalls nicht sehen, und die Zvamps sahen aus, als würden sie irgendetwas aushecken. Von Jan fehlte auch jede Spur.

Sid war der Einzige, der unermüdlich um meine Beine strich.

»Etwas stimmt nicht. Ich spüre das Schicksal ganz in der Nähe.«

Ich spürte, wie die Kälte näherkam und blickte Sid nach, der plötzlich in Richtung Waldrand davon rannte.

Ich hatte meine Schwierigkeiten, ihm zu folgen, da er als Katze natürlich viel schneller war als ich, doch je näher wir kamen, desto stärker spürte ich den Tod. Es war ein merkwürdiges, unbekanntes Gefühl, aber ich wusste seltsamerweise sofort, wie ich es zuordnen musste. So fühlte es sich also an, wenn jemand starb. Wie ein Lasso, das mich näher zum Ort des Geschehens zog.

Mich nicht entkommen ließ, bis ich tatsächlich dort war.

Aus der Ferne konnte ich zwei Personen erkennen. Die eine, die auf dem Boden lag, die andere, die darüber kauerte. Ich rannte, doch je näher ich kam, desto härter traf mich die Erkenntnis, wer dort auf dem Boden lag.

»*Verzage nicht, Snow. Es hatte einen guten Grund*«, vernahm ich die Stimme des Schicksals in meinem Kopf. Stumm sendete ich ihr meine Worte zu: *Warum tust du mir das an?* Doch ich erhielt keine Antwort. Stattdessen schimmerte ein helles Licht über Sams Körper. Es schien auf die andere Person überzugehen. Seine Haut war dunkler, seine Knochen sahen leicht verdreht aus und seine Kleidung war blutbefleckt. Mein Blick wanderte zu der anderen Person. Ein dunkelroter Glanz umhüllte ihn und das Licht über Sams Körper verschwand in ihr. Er fixierte mich mit seinen dunkelroten Augen. Dann schob er die Kapuze zurück und ich erkannte die blasse Haut und das verstrubelte Haar.

»Dalex!«, rief ich aus und er sah mich geschockt an. Scheinbar hatte er mich wahrgenommen.

»Snow, du verstehst das nicht! Ich wollte das nicht. Es war Shadows Schuld! Er hat sich an mich gebunden, ich ...«

Ich ließ mich vor Sam sinken und griff nach seinen Händen. Sie waren kalt. Blut rann über seine

Lippen und vermischte sich mit den Tränen, die über meine Wangen perlten. Er war tot. Meine Hand fand seine Brust. Sein Herz schlug nicht mehr. Würde nie wieder schlagen.

»Sam«, flüsterte ich und strich über die Haut, die sich anfühlte, als würde sie vermodern. Er konnte nicht tot sein. Ich fixierte seine leblosen Augen. Sie strahlten nicht mehr. Wie oft hatte er mich mit vor Freude glänzenden Augen angesehen und mir verkündet, dass er in Fifa besser war als ich? Ich war allein. Mein bester Freund hatte mich allein gelassen. Warum? Warum musste er jetzt gehen? Hatten wir nicht gesagt, dass wir zusammen in ein Altersheim gehen würden? Und nun war er tot. Wegen ihm.

»Tu doch etwas!«, flehte ich Dalex an, doch er sah mich nur mitleidig an.

»Er ist tot, Snow.« Seine Stimme klang kalt.

»Er kann nicht tot sein. Wir haben doch alles getan, um ihn zu retten.«

Mein Blick fixierte die rot glühenden Augen von Dalex. Die Erkenntnis riss mich zurück.

Er hatte ihn getötet.

»Du hast ihn umgebracht!«

»Snow! Ich wollte das nicht. Shadow hat mich manipuliert! Er hat mir seine Seele versprochen! Ich konnte mich nicht wehren! Es liegt einfach in meiner Natur!«

»Du hast ihn getötet, seine Seele gefressen und behauptest, dass es dir leid tut? Du bist ein Lügner! Ein egoistisches Arschloch! Verdammt noch mal, ich habe dir vertraut! Du hast gesagt, du liebst mich und tötest meinen besten Freund!« Dalex sah auf den Boden und rieb sich fröstelnd die blutverschmierten Arme.

»Professor Dylane und Shadow wollen dich töten! Ich musste es verhindern! Wenn ich nicht verraten hätte, das Sam deine Schwachstelle ist, dann wärst du tot!«, entgegnete er.

»Und das soll ich dir glauben? Nach all den Monaten zusammen? Haben sie ihn dir als Belohnung versprochen oder wie? Eine Belohnung für deinen Verrat an mir?« Er nickte und meine Faust traf sein Gesicht. Dalex knurrte, dann spürte ich, wie er mich gegen den Boden presste und spürte seine Faust in meinem Gesicht. Wütend trat ich um mich. Ich wollte ihn leiden sehen! Er hatte es nicht verdient zu leben. Ein weiterer Schlag traf ihn und ich wich einem Konter aus.

»Ich hasse dich«, spuckte ich ihm entgegen und er sah mich mit glühenden Augen an.

»Und ich liebe dich, wie passend, nicht wahr?«, entgegnete Dalex.

»Liebe! Du verdienst den Tod, Mörder.«

Ich spürte, wie die Kälte aufzog und stärker wurde. Ich vernahm eine Stimme. Etwas Kaltes, Schlangenartiges umspielte meinen Körper.

Ihr Befehl, Meister?

Ich spürte den Tod in mir. Zum ersten Mal würde ich jemanden töten, wenn ich wollte.

Ich schloss die Augen und ließ meine Wut die Beschwörung lenken. Ich hörte Dalex irgendetwas sagen, doch auf der anderen Seite wollte ich es nicht hören. Er hatte mich benutzt. Er war es nicht mehr wert.

»Tötet ihn«, flüsterte ich und ich spürte, wie die Kälte nach Energie lechzte. Ich spürte, wie der Boden unter mir zu beben begann.

Was hat er euch getan, Meister?, fragte eine weitere Stimme in meinem Kopf. Ein unschöner Geruch stieg auf und ich schluckte Blut, während Dalex weiter auf mich einschlug. Ich kämpfte dagegen an.

»Er ist ein Mörder. Ein Verräter. Er hat mich verraten und meinen besten Freund getötet. Er behauptet, er würde mich lieben. Ich will ihn bluten sehen.«

Dann sah ich, wie die Kälte sich verwandelte. Es klang, als würden sich Schilder aus dem Boden sich erheben und Ritter sich in Rüstungen bewegen. Der verfaulte Geruch war kaum zu ignorieren. Eine Armee aus Toten hatte sich auf meinen Ruf hin erhoben und Dalex ließ ängstlich von mir ab. Er zitterte und sah mich ängstlich, aber dennoch wütend an.

»Du bist mächtig, Snow. Du brauchst meinen

Schutz dennoch«, flüsterte er und die Erkenntnis flackerte in seinen Augen auf. Seine Einsicht kam ihm dennoch zu spät.

»Aber es fehlt dir an Weisheit«, warf eine fremde Stimme ein und die Armee der Toten spaltete sich für einen Moment. Ein blondhaariger Mann mit einer Krone aus silbernen Zweigen im Haar betrat den Kreis, den Bogen lässig über die mit grünen Gewändern bedeckte Schulter hängend. Wer war er, dass sich meine Armee vor ihm verbeugte? Ich brauchte keinen Moment, um zu realisieren, dass es ein Elb war. War er der Gefährte, von dem das Schicksal gesprochen hatte?

»Doch in einem muss ich dir recht geben, junger Priester. Verräter kann ich nicht ausstehen. Mein Name ist Prinz Elias aus dem Hause Tinarth. Sohn des westlichen Elbenkönigs Anok. Ich komme, um dir zu dienen, wie es mein Schicksal bestimmt. Dein Befehl? Leben oder Tod?«

Dalex sah mich ängstlich an, aber ich erkannte, dass er sein Schicksal akzeptierte. Erkannte ich etwa so etwas wie Reue in seinen Augen? Ich schüttelte den Kopf. Ich durfte nicht zögern. Er hatte mich betrogen und dennoch war es unvermeidlich. Wenn er recht hatte und Shadow es geschafft hatte, ihn zu manipulieren, würde er es wieder tun.

Die Feinde befinden sich gerne in den eigenen Reihen, Snow. Tu, was du für richtig hältst. Höre auf dein

Herz. Es wird dich leiten. Aber bedenke, dein größter Feind bist du selbst.

Ich fasste meinen Entschluss. »Tötet ihn.«

Die Kälte verschlang ihn und ich sah, wie ein Pfeil direkt auf ihn zuschoss und seine Augen mich das letzte Mal fixierten. Kalt und unverwandt. Als die Kälte sich zurückzog, war bis auf sein Skelett nichts mehr von ihm übrig geblieben. Er war tot und irgendetwas sagte mir, dass er nicht der einzige Tote durch meine Hand sein würde. Es war der Beginn eines Kampfes. Sid kletterte auf meine Schulter und schmiegte sich aufmunternd an mich. Mein Blick ging zu Elias, der mich wissend ansah. Dann fiel er auf die Knie und legte seine Hand an seine Brust. »Dunkle Mächte ziehen auf, Snow. Wir haben schwere Zeiten vor uns. Komm.«

Danksagung

Vor etwa einem Jahr, es musste um diese Zeit herum gewesen sein, April oder Mai war es gewiss, begann ich Ben und Lotta zu schreiben. Im August blicke ich auf ein Jahr voller Hoch und Tiefs seit meiner Erstveröffentlichung zurück. Dass es Snow gibt, verdanke ich einigen Besonderen Menschen und Autoren, denen ich nun gerne danken möchte.

Besonderer Dank gebührt *Julia Rieger* und *Anja Berger*, die Snow von Anfang an begleitet hatten und mich auf alle Einzelheiten und Unstimmigkeiten hingewiesen haben, die ihnen eingefallen sind. Ebenfalls danke ich meiner Korrektorin *Lillith Korn,* die so schnell und so genau dieses Werk geprüft hat. Kommas sind einfach nicht meine Stärke, aber ohne Lillith wäre eine Veröffentlichung gar nicht möglich gewesen.

Des Weiteren Danke ich *Chris* und *Alex S.,* wie bereits in der Widmung vermerkt, für die unheimlich tolle Idee zu Snow auf der Frankfurter Buchmesse. Ebenfalls Danke ich den ehemaligen Autoren der Bookstormer für die Hilfe bei schwierigen Fragen. Durch euch konnte ich vieles lernen. Für die gestalterischen Aufgaben danke ich in erster Linie *Alex Kopainski* von *Kopainski*

Artwork für dieses zauberhafte Cover! Mit unheimlich viel Geschick und Geduld (die ich leider nicht hatte) wurde ein Cover gezaubert, das den Inhalt auf düstere Art perfekt widerspiegelt. Ebenfalls danke ich *Manuela Baur* für das Gehirn und den Geist, die meinen Buchsatz zieren.

Des Weiteren möchte ich mich bei meinen Testlesern bedanken, die Snow so fleißig gelesen haben und selbst wenn einige nicht ganz fertig geworden sind, detaillierte Anmerkungen gaben.

Ein immerwährender Dank gilt meiner Familie und meinen Freunden. Meinen Eltern, wobei hier der dank besonders meiner Mutter gilt, die drei Wochen nach der Veröffentlichung von Ben und Lotta bereits fragte wann denn wohl ein neues Buch von mir herauskommen würde. Meine Schwester, *Melli*, die vermutlich nochmals Fehler finden wird wenn es veröffentlicht ist, meinem Bruder *Olli*, der mich hin und wieder erinnert, dass ich auch noch ein Bett habe, wenn ich mal wieder die Zeit vergesse. Meinen Freunden, die ich aufgrund der Vielzahl der Namen nicht aufschreiben werde, aber ich weiß, dass sie genau wissen, dass sie gemeint sind.

Ein Danke unter Künstlern geht an die Bands *Muse, Kraftklub, Stars* und *30 Seconds to Mars*. Vielen Dank für die zahlreichen Songs (Mercy, Supermassive Black Hole, Songs für Liam, Kein Liebeslied, Dead Hearts und vor allem This is war! (mit über 700 Wiederholungen der Song in der Snow-Hit-Liste, der ganz oben steht!)), die mir das Schreiben so angenehm wie möglich gemacht haben.

Und wieder einmal gilt der letzte Dank meinem Bruder, der wohl für immer der einzige Tote sein wird, den ich an Snows Stelle gerne beschwören würde. Danke an dich, *Roman,* dass du mir die Kraft und Motivation gibst meine Gedanken mit der Welt um mich herum zu teilen.

Ich hab dich lieb.

 Nessa Maral wurde 1996 im oberschwäbischen Bad Saulgau geboren. Bereits während ihrer Schulzeit begann Nessa Maral ihre Gedanken auf Papier zu bringen. Seit 2009 veröffentlicht die heute 20-jährige Fanfictions in Deutsch und Englisch auf den Seiten Fanfiktion.de, myfanfiction.net sowie fanfiction.net mit großem Erfolg. Bücher sind ihre Leidenschaft, weshalb Nessa Maral im Jahr 2015 eine Ausbildung zur Buchhändlerin beginnt. Im vergangenen Jahr erschien ihr humorvolles Debüt *Ben und Lotta – Gegenteile ziehen sich aus*. Mit ihrem neuen Werk *Snow – Tote sind doch zum Beschwören da* tobt sie sich nun im Fantasy-Bereich aus.

Facebook: Nessa Maral
Twitter: @NessaMaralAutor
Instagram: nessa.maral
Ask.fm: NessaMaralAutorin
E-Mail: nessamaral@web.de
Homepage: www.nessamaral.de

Ein Letztes noch:

Meine Bücher leben von eurem Feedback. Ich würde mich daher über jede Rezension oder Weiterempfehlung freuen. Dabei kommt es mir nicht auf virtuelle Inhalte an. Gerne könnt ihr es auch euren Freunden empfehlen.

Solltest du noch Fehler in meinem Buch finden, so zögere nicht, dich bei mir zu melden. Ich freue mich von dir zu hören.